Secession

BJÖRN KERN

Kein Vater, kein Land

ROMAN

secession

Björn Kern

Kein Vater, kein Land

Roman

Erste Auflage

Lektorat: Christian Ruzicska
Korrektorat: Peter Natter
www.secession-verlag.com

Typografische Gestaltung: Erik Spiekermann, Berlin
Satz: Marco Stölk, Berlin
Herstellung: Daniel Klotz, Berlin
Druck und buchbinderische Verarbeitung:
Friedrich Pustet, Regensburg
Papier Innenteil: 100g/m² Fly 05
Umschlagmaterial: Schabert f.color neuleinen
Gesetzt aus Franziska & Dirty Seven Two
Printed in Germany
ISBN 978-3-96639-041-5

When your dreams are of some world
that never was or of some world that
never will be
and you are happy again
then you will have given up.
Do you understand?
And you can't give up.
I won't let you.

CORMAC MCCARTHY
The Road

I.

AM SYDOWER GRABEN erreichten sie die Stadtgrenze, der Bürgersteig verendete in einem Haufen Schnee. Auf dem Ortsschild war der Name der Stadt durchgestrichen, darüber stand nichts. Kein Ort in den nächsten Kilometern, nirgends. Lee bog aufs Feld ab, die Luft roch verbrannt. Er leerte seine Flasche, warf sie auf den toten Acker, stolperte weiter, zog das Kind über die verharschten Schneewehen. Nach einigen Kilometern wagte er sich zurück auf die Landstraße, näherte sich der Lichtinsel einer Tankstelle. Er bedeutete dem Kind, an den Zapfsäulen zu warten, und betrat den grellen Verkaufsraum.

– Gibt's Milch?

– Machste dich über mich lustig?

– Wo's Milch gibt?

– Und was willste mit Milch, mitten in der Nacht?

Der Mann zeigte aufs Kühlregal. Lee nahm den letzten, vorrätigen Milchkarton, zahlte, barg draußen das Kind in seinem Arm. Gemeinsam stemmten sie sich gegen den Wind, machten wieder Strecke auf der verwaisten Landstraße, nach Osten, natürlich wieder nach Osten. Nach einer Zeit im Wind und im Schnee und in der Dunkelheit erreichten sie endlich den Deich.

Die Sydow war zugefroren in diesem Jahr, die Grate der aufgeworfenen Schollen mit Schnee überzogen, ein Eisfall voller Winkel und Kanten und Zacken. In der Flussmitte dampfte ein Eisbrecher, schob zwei Lichtkegel vor sich durch die Nacht, das Brechen der Schollen klang hart herüber. Eine Böe trieb dem Kind erneut Schnee unter die Fellkrause seines kleinen Parkas. Lee fegte die gröbsten Flocken heraus, drehte sich um, spähte, lauschte, doch der Raum hinter ihnen schien dunkel und leer.

– Wird alles gut, wenn wir bei Opa sind, sagte Lee.

– Werden die Männer uns folgen?

– Nein. Hab keine Angst.

Beim nächsten Kilometerstein schlitterten sie die vereiste Böschung hinunter, auf einen Grenzpfosten zu, und gingen landeinwärts. An den drei Eichen querten sie die Feldentwässerung, hielten sich einige hundert Meter am Schützengraben, betraten den Sydower

Forst. Die Nacht verdichtete sich, ein Eichhörnchen stob davon, aus der Ferne das unermüdliche Krachen des Brechers.

Das Forsthaus lag karg und verlassen, die Fenster duster, der Schornstein ohne Rauch. Das Wellasbest war vom Anbau heruntergeweht und ragte zersplittert aus dem Schnee, ein goldenes Vorhängeschloss versperrte die Eingangstür.

– Sind wir da?, fragte das Kind.

– Ja, sind wir.

– Hier wohnt er? Warum geh'n wir nicht rein?

– Er ist nicht zuhause.

– Dann warten wir auf ihn?

– Da können wir lang warten, wie's scheint.

Lee wusste nicht, was er tun sollte. Dass der Vater nicht mehr an der Sydow leben könnte, war ihm nicht in den Sinn gekommen.

Sein Vater.

Der Großvater seines Kindes.

Er hob das Kind auf den Arm, umrundete das Forsthaus. Der Bauwagen stand noch; in den Rillen der blechernen Außenverkleidung brach sich der Mond. Lee schob das Kind die wenigen Stufen zum Wagen hinauf, folgte ihm und zog die Tür hinter ihnen zu. Er sank auf die Liege, deckte das Kind zu, das Kind nuschelte etwas und schlief sofort ein.

Draußen, hinter dem Schiebefenster, schlich ein Reh über den Vorplatz, in der mondgrauen Nacht eines späten Winters. Eine Ricke, die ihren linken Hinterlauf nachzog, das Fell hatte sich von der Flanke gelöst, auf der baren Haut wuchsen Schwären. Lee bereute, dass er nicht das Gewehr aus dem Keller geholt hatte, am Fenster rauchte er die letzte, klamm gewordene Zigarette aus seiner Parkatasche auf.

Auf seinem Handy sah er nach, wann Tauwetter einsetzen würde. Ende der Woche.

Schwerer Unfall auf der A9.

Ehemaliger Bundestagspräsident gestorben.

Bayern – Schalke 0:1.

Das Symbol für Anrufe in Abwesenheit blinkte. Sie hatten dutzendfach versucht, ihn zu erreichen.

Später in der Nacht weckten ihn Motorengeräusche, eine Autotür wurde aufgerissen. Im ersten Moment fürchtete er, die Beamten wären ihm gefolgt. Technomusik wummerte zwischen den Kiefern, Funkverkehr knackte, Lee dimmte das Display seines Handys herab.

– Was ist das?, fragte das Kind.

– Das ist nichts.

– Ich höre es doch. Es rauscht. Einer spricht.

– Das ist Musik, sagte Lee.

– So klingt keine Musik. Ich weiß, wie Musik klingt. Sag, was ist das?

– Das ist nichts.

– Ich höre es doch.

Die Autotür wurde wieder zugeschlagen, der Bass setzte aus, auch das Knacken und Rauschen der Funkgeräte verklangen. Unwahrscheinlich, dass die Beamten ihm bis hier heraus gefolgt waren. Vielleicht nur ein Jäger. Lees Handy war nun feucht unter seinen verschwitzten Fingern, der Akkustand zu niedrig für ausreichende Helligkeit. Es gefiel Lee nicht, wie schnell sich das Licht verzog, bis da keines mehr war, bis es schwarz wurde, und als er gar nichts mehr sah, traf ihn die Nacht wie ein Schlag.

Er richtete sich auf, hektisch atmend, nahm die Hand des Kindes, was ihn beruhigte. Lees Vater hatte recht behalten. Es war kein Land für Kinder. Es war keine Zeit für Kinder. Im Frühjahr würde die Sydow über die Ufer treten. Draußen zeigte sich zwischen den Kiefern der erste Beginn des kommenden Morgens. Weißlich, noch ohne Wärme, ohne Sonne, nur etwas heller im sonst kalten Schwarz.

– Öffnen Sie die Tür!

Die Männer klingelten, klopften. Lee hielt dem Kind den Mund zu, trug es in Marjuschas Küche, in ihrer Wohnung im Außenbezirk, und schloss die Küchentür ab.

– Wenn Sie nicht umgehend aufmachen, kommen wir wieder und lassen die Wohnungstür aufbrechen!

Die Stimme des Mannes klang durch die beiden Türen gedämpft. Das Kind kroch unter Marjuschas Küchentisch und hielt sich die Ohren zu.

– Und wenn er doch nicht da drin ist?, fragte der Kollege des Mannes, leiser, der Stimme nach jünger.

– Er ist da drin, und das Kind ist bei ihm. Ich weiß es. Aufmachen! Machen Sie sofort die Tür auf! Zeigen Sie Verantwortung!

– Das hat doch keinen Sinn.

– Kommen Sie raus! Denken Sie nicht an sich, denken Sie an Ihr Kind!

Als Lee aus dem Schlaf schreckte, schmeckte er Blut im Mund. Er hatte sich das Wangenfleisch aufgebissen, mit der Zungenspitze fuhr er die Grate und Knoten aus Haut entlang, dann schluckte er das Blut hinunter und stand auf. Er vergewisserte sich, dass niemand im Forst vor dem Bauwagen stand, dass er in Sicherheit war. Die Männer hatten fast eine Viertelstunde vor Marjuschas Wohnung mit Klopfen zugebracht.

– Guten Morgen, sagte er zu dem Kind.

– Ich hab nicht geschlafen. Es war zu kalt.

– Du hast geschlafen wie ein Baby.

– Ich hatte Angst, ich erfriere. Ich will, dass Mama hier ist.

– Ich war die ganze Nacht bei dir.

– Mama merkt, wenn ich wach bin. Sie streichelt mich dann. Hier, schau, am Hals.

– Wir werden nicht lange bleiben.

– Du sollst herschau'n. Wo sie mich streichelt. Hier, an der Seite, am Hals.

– Wir müssen weiter nach Osten, ins Luch.

– Zu Mama?

– Zu Mama, ja.

– Dann geh ich heut wieder nicht in den Kindergarten?

– Nein. Und jetzt trink deine Milch.

Im Schlaf hatte der Atem des Kindes in der kleinen Fellkrause Reif hinterlassen, der unter dem angestrengten Schnaufen, mit dem das

Kind stets trank, zu schmelzen begann. Erst jetzt, im Morgenlicht, sah Lee die Abbildung an der Wageninnenwand, eine verknappt gezeichnete Geiß mit praller Kruppe, der rücklings ein Bock aufsaß; daneben zwei Geißlein.

Die Liege, auf der Lee und das Kind geschlafen hatten, war fleckig, auf dem Boden lagen Mäusekot und Zigarettenkippen, Bierdosen und Zeitungspapier.

Lee wischte dem Kind den Milchbart von der Oberlippe.

– Warte hier.

– Wohin gehst du?

– Ich lass dich nicht allein.

– Ich will nur wissen, wohin du gehst.

– Du musst lernen, ein paar Minuten allein zu sein. Hier draußen gelten andere Regeln.

– Ich will aber nicht. Ich will das nicht lernen.

– Ich lass dich nicht allein. Niemals, hörst du?

Er ging durch schafthohen Schnee, der von oben in das Futter seiner Stiefel drang, schlitterte über herabgestürzte Verkleidungsbleche unter der Schneedecke, über Dachanker und gesplitterte Ziegel vom südlichen First. Die Hasenställe sahen aus, als wären sie noch in Nutzung, altes Stroh, Futtertröge voller Maiskörner, leergesogene Wasserspender, der Maschendraht makellos dicht.

Er öffnete den obersten Koben, stellte sich auf die Zehenspitzen, um das Astloch in der Dachlattenverkleidung zu finden, griff hinein und fingerte nach dem langen Kellerschlüssel, er lag an seinem Platz.

Lee stieg ins Dunkle hinab, tastete sich den Mittelgang entlang. Die drei weißen Tiefkühltruhen standen noch, summten aber nicht mehr. Ihre Deckel waren geschlossen. Lee öffnete die mittlere Truhe. Ein martialischer Gestank drang aus dem Spalt, der Geruch der Verwesung, doch die Truhe war leer. An den Innenwänden und auf dem Truhenboden zeichneten sich braun getrocknete Lachen von Tierblut ab. Lee würgte, vergrub Nase und Mund in seinem Jackenaufschlag, sah in den anderen beiden Truhen nach. Leer auch sie. Der Gestank war böse, giftig, Lee ließ den letzten Deckel wieder fallen.

Er drang tiefer in den Keller, seine Erinnerung trog nicht. Er bückte sich nach der Streusandkiste, klappte den hölzernen Deckel auf, strich etwas Sand beiseite, grub, fand nichts. Natürlich, der Vater hatte sie bei sich. Dann grub er tiefer und fasste auf kaltes Metall. Also doch. Wenn das Gewehr noch hier war, war sein Vater nicht weit. Mit dem Finger glitt Lee das Lochbrett über der Werkbank entlang, fand den Kolbenreiniger, nahm das Gewehr in die eine, den Kolbenreiniger in die andere Hand und verließ hastig den Keller.

Draußen wiegte er das Gewehr, eine Sauer 101, tarierte sie leichter als in seiner Erinnerung. Er führte den Lauf an die Nase, linste in den dunklen Schacht, roch das feurig verbrannte Metall, klopfte mit den Fingernägeln auf das Magazin, legte dann an. Mit zugekniffenem Auge ging er rückwärts, bis er das vernagelte Badfenster im Rücken spürte, zielte auf das goldene Vorhängeschloss vor dem Forsthaus. Er lud, spannte, entsicherte, legte Kimme auf Korn, drückte ab.

Es klickte leise.

Er setzte das Gewehr wieder ab und hockte sich vor die Eingangstür, die mit Brettern verbarrikadiert war. Er legte das Gewehr auf seine Knie, schraubte den Lauf ab und öffnete das Patronenfach, reinigte Fach und Lauf mit dem buschig verrußten Wirbelreiniger. Er bewegte den Repetierbolzen, blies das Rohr frei, ölte den Abzug, dann schraubte er den Lauf wieder an den Kolben. Der Vater hatte ihm nicht erlaubt, auf bewegtes Gut zu schießen. Lee hatte nur Bierdosen von einem Holzstumpf geschossen, oder Wodkaflaschen, deren Nachschub gegen Ende nicht mehr versiegt war. Er hatte auf Kopfweiden und Grenzpfosten geschossen, aber noch nie auf etwas, das über ein Herz verfügte, ob Mensch oder Tier.

Das Gewehr würde er in jedem Fall gebrauchen können, nach allem. Wie sich die Dinge entwickelt hatten, war ein Gewehr nicht zu verachten.

Er nahm den Lauf in den Mund.

Er drückte ab.

Dann holte er Munition.

– Wo warst du?, fragte das Kind, das im Wagen auf ihn gewartet hatte.

– Eine rauchen.

– Mama mag nicht, wenn du rauchst. Und ich war ganz allein.

– Du warst nicht allein. Ich war vor der Tür.

– Ist Opa zurück?

– Nein.

– Mama sagt, dass er verrückt ist. Sie sagt, sie will gar nicht zu ihm.

– Er ist nicht verrückt.

– Ich will zu Mama, nicht zu Opa.

– Wir müssen warten, bis es taut. Vorher können wir nicht los.

Er fasste nach dem Kind, es entwischte ihm zum Spaß, sprang auf die Liege, lachte klar in der kalten Luft. Lee setzte nach, lachte auch, klemmte sich das strampelnde Kind unter den Arm und kitzelte es am Bauch.

– Aufhören! Du sollst aufhören! Ich kann nicht mehr!

– Du lachst aber so schön.

Als ihnen die Luft ausging, knieten sie sich nebeneinander vor den kleinen Ofen, rissen eine Spanholzstiege auseinander, verfluchten die Eisenklammern, die das Auseinandernehmen erschwerten, keilten die Splitter über den Feuerrost. Lee nahm etwas Zeitungspapier vom Boden und zündete es an. Bald brannten die Spanholzstreifen, an den dünnsten Enden glommen kleine Glutpunkte auf, erste Flämmchen lohten um das gehackte Holz.

Auf einmal hämmerte es gegen die Wagenwand. Lee gab dem Kind harsch zu verstehen, es solle sich still verhalten. Das Kind sprang zu ihm und klammerte sich an Lees Oberkörper fest.

Eine rote Wollmütze wippte vor dem Schiebefenster, darunter ein kahler Kopf. Lee erstarrte.

Dass es den immer noch gab.

– Wer ist das?, fragte das Kind leise.

– Ein Freund von Opa.

– Mach nicht auf.

– Dann kommt er rein. Versteck dich und rühr dich nicht vom Fleck. Verstanden?

– Du sollst nich' aufmachen. Lass einfach die Tür zu, ja?

Lee ging zur Tür, nahm den Riegel zurück, öffnete.

Das Kind huschte hinter den Ofen.

Wachter, drei vier Trittstufen unter ihm, legte die Hand über die Augen und sah blinzelnd zu Lee hinauf, obwohl das Tageslicht diffus geblieben war. Er trug einen Ledermantel und tatsächlich noch immer dieselbe Wollmütze, rot, löchrig, mit dümmlicher Quaste.

– Lee?

– Sieht ganz so aus.

– Eins muss ich dir lassen. Mutig biste ja, dass de dich hierher zurücktraust.

– Ich weiß nicht, wovon du sprichst, Wachter.

– Hör auf mit dem Scheiß. Schluck Schnaps?

– Würd ich nicht nein sagen.

Er nahm zwei lange Schlucke einer Billigmarke, die Wachter aus seinem Mantelschoß hervorgezogen hatte, wahrscheinlich Wodka, aber letztlich egal. Lee setzte ab, Wachter nickte auffordernd, Lee setzte wieder an und nahm einen dritten, langen Schluck.

– Und Marjuscha?

– In der Stadt.

– Ist sich noch immer zu schön für uns? Ich seh se noch vor mir, Sommerkleidchen, so gespreizt auf'em Rad. Strohhut, und alles!

– Wachter, was willst du von mir?

– Heut Nacht, da haste nich' zufällig irgendwas gehört?

Lee gab die Flasche zurück. Der Wodka hatte einen leichten Schwindel verursacht.

– Glaub nicht, sagte Lee.

– Ne Streife vielleicht? Karlsson?

– Ne Streife eher nicht.

– Es ist nur ... Geht einer um, der's auf die Pferde abgeseh'n hat.

– Was will einer schon mit deinem ollen Gaul?

– Das willste nich' wissen. Und Janusch is' im Übrigen nich' mehr.

– Seit wann das?

– Das weißte ganz genau.

– Ich hab keine Ahnung, Wachter. Ich hab nicht die geringste Ahnung.

– Du hast keine Ahnung?

– Ich weiß nicht mal, wo der Vater hin ist.

– Zur Hölle, will ich hoffen. Aber was war das?

– Hab nichts gehört.

– Na, da, am Wagen –

– Hier geht ne Ricke um, die krank ist. Vielleicht war's das, was de gehört hast.

– Ne kranke Ricke? Hör bloß auf mit dem alten Scheiß.

Sowie Lee die Tür schloss, streckte ihm das Kind beide Arme entgegen, er nahm es auf. Das Kind schmiegte den Kopf an seinen Hals, hielt Lees Oberarm umklammert, die kleinen Hände zu Fäusten geschlossen.

Lee roch am Haar des Kindes.

Er biss ihm leicht in den Nacken.

Er wollte das Kind wieder in Ordnung bringen, hier draußen. In der Stadt hatten sie es in den letzten Wochen ein wenig kaputt gemacht. Er wollte ihm einen guten Morgen wünschen, es fragen, wie es geschlafen hat. Er wollte ihm beibringen, was sein eigener Vater ihm beigebracht hatte. Wie man auf Wels angelt. Was man mit einer kranken Ricke macht.

– Kommt er wieder?

– Er wohnt nur'n paar hundert Meter tiefer im Forst.

– Hat er Opa mitgenommen?

– Wie kommst du denn darauf?

– Er klang böse.

– Er ist nicht böse.

– Er klang aber so.

– Hör zu. Opa wohnt nicht mehr hier. Wir bleiben hier, bis es taut. Dann folgen wir ihm.

– Und Mama?

– Mama ist bei ihm.

– Is sie schon vorgegangen?

– Ja.

– Warum hat sie nicht auf uns gewartet?
– Lass uns besser mal rausgeh'n, die Ricke suchen.
– Warum sie nicht auf uns gewartet hat?
– Ich denk, sie braucht unsere Hilfe.
– Mama?
– Nein. Die Ricke.

Sie verließen den Bauwagen und dann den Sydower Forst in östlicher Richtung, der kurze Wintertag dämmerte schon. Mit zunehmendem Schnee waren die Zacken des Eisfalls auf dem Fluss weicher geworden, wie abgerundet, wie weichgeweht, der Schnee und der Wind und die Kälte lähmten Lee und dem Kind das Gesicht. Sie folgten der Rehspur, die sie mit ihren Stiefeln weiteten, brachen und kreuzten: vor ihnen wie jungfräulich gesetzt, hinter ihnen wie benutzt und verworfen.

Die Ricke stand an der Sydow, kaum fünfzig Meter vor ihnen. Trotz des grauen Winterkleids vor dem weißen Eis gab sie ein klares Ziel mit ihrer schwärenden Flanke. Lee klatschte in die Hände, trieb die Ricke nach Osten, ans Ufer heran.

Er setzte das Kind im Schnee ab und lud das Gewehr durch, dann folgten sie der Ricke parallel zu einem aufgeschütteten Polder. Sie erreichten das Eis, dessen Zacken und Verwerfungen hier flacher waren, begehbar, solange man nicht auf die Bruchlinien trat.

Als das Reh die Fahrrinne erreichte, schlug eine von Wachters Doggen an. Die Ricke erschrak, machte einen Satz auf das fein überglaste Uferwasser zu. Sofort brach sie ein, mit dem vorderen Lauf, zog den hinteren unglücklich nach. Sie fand keinen Halt, kam nicht zurück in den Stand, sank über die Brust in die offene Fahrrinne ein.

Wachters Dogge heulte auf, Lee ging in die Knie, streckte sich zu dem Reh hinab, unmöglich, es aus dem Wasser zu ziehen, ohne selbst hineinzustürzen. Einen Moment sahen sie sich Auge in Auge, Lee und die Ricke, sie ließ ihre Zunge aus dem Maul fallen, die Zunge war blau.

Das Tier bellte, dann brach das letzte Eis, das die Ricke am Ufer hielt. Lee entsicherte, zielte, legte den Finger an den Hahn und schoss. Die Ricke warf den Kopf in den Nacken, zuckte, drehte sich im Strudel der Fahrrinne um die eigene Achse, der Kopf sank auf die Wasseroberfläche, der Leib verfing sich in der nächsten Bucht flussabwärts.

– Hast du sie totgemacht?, fragte das Kind.

– Sie ist tot, ja.

– Ich hab noch nie geseh'n, wie du wen totgemacht hast. Ist sie wirklich ganz tot?

– Beruhige dich.

Er stand wieder auf.

Ihm war warm geworden unter dem Parka, doch nun, als er stand, kroch ihm der Ostwind unter den Saum.

– Verrückt, sagte das Kind.

– Was ist?

– Das Reh. Es friert fest.

Kaum einen Meter vor seinen Füßen, wo ein Ausläufer des Flusswassers eine Mulde aus dem Ufer geschwemmt hatte, ragte der Kopf des Tieres aus einer dünnen Schicht Eis. Die Augen geöffnet, glänzend, eines der Ohren fehlte, das andere stand in einem unnatürlichen Winkel vom Kopf ab. Der restliche Rehkörper war nicht zu sehen unter der Eisfläche, auf die der Schnee wehte. Der Schädel sah aus, als sei er von Hand auf das Eis gelegt worden.

– Wie kann es so schnell festfrieren?, fragte das Kind.

– Es ist neun Grad unter null.

– Dann werden wir auch festfrieren?

– Nein. So kalt ist das nicht.

Das Kind kam näher zu ihm, setzte einen Schritt zu nah an die Ricke, verfing sich mit seinem Hosenbein im Huf des Tieres. Das Kind riss sich frei, als habe die Ricke nach ihm gegriffen.

– Ich will hier weg, sagte es.

– Nimm meine Hand.

– Sie starrt mich an.

– Beruhige dich. Sie starrt dich nicht an.

– Ich hab Angst. Sie starrt mich an.

– Schau nicht hin. Schau mich an. Schau einfach nicht hin.

Zitternd stand das Kind im kalten Wind und umschlang Lees Beine, er ging in die Knie, der kleine Brustkorb des Kindes bebte unter dem Jackenfell.

Wieder bellte eine von Wachters Doggen. Der Wind trug das Gebell immer lauter an sie heran, als jagte die Dogge zu ihnen über das Eis.

– Besser, wir geh'n schnurstracks zurück in den Wagen, sagte Lee zu dem Kind.

Von Westen näherten sich zwei Helikopter mit Suchscheinwerfern. Der Rückstoß der Rotorblätter drückte eine Schneise ins gefrorene Schilf. Schnell glitt der Lichtkegel weiter, die Piloten folgten dem Ufer flussabwärts, nach Osten, bis sie nach links abdrifteten, das fremde Knattern lag noch eine Weile über dem gefrorenen Fluss.

– Sind die Männer da drin?, fragte das Kind.

– Nein.

– Aber wer fliegt dann?

– Andere Männer. Sie überprüfen, ob die Sydow überall schiffbar ist.

– Sie suchen uns nicht?

– Niemand sucht uns. Wir haben niemandem was getan. Hörst du? Es gibt niemanden, der uns sucht.

Als das Kind auf Lees Armen eingeschlafen war, baumelten seine Beine kraftlos herab, nur die Hände hielt es weiter hinter Lees Nacken verschränkt. Im Wagen bettete Lee das Kind vor den Ofen, zog ihm die schneenassen Schuhe und Socken und die kleine Jeanshose aus und legte alles zum Trocknen über das Rohr. Er strich dem Kind über die Stirn, die Augen unter den geschlossenen Lidern hörten nicht auf zu zucken.

Bei der ersten Untersuchung ohne Marjuscha hatten sie dem Kind Bilder von Sanitätern und Krangenwagen gezeigt, Lee fand das geschmacklos. Sie hatten nach den dazugehörigen Wörtern gefragt. Krankenwagen, hatte das Kind gesagt. Blaulicht. Bett, das man tragen kann.

– Eine Bahre. Und das hier?

– Bagger.

– Und hier?

– Müllauto.

– Und was macht das Müllauto?

– Es sammelt Müll ein.

Der Kinderarzt hatte das Bilderbuch zugeklappt und etwas in den Computer getippt.

– Ihr Kind ist nicht das Problem. Es ist altersgemäß entwickelt.

Als er sich sicher war, dass das Kind schlief, brach Lee wieder auf. Er senkte den Kopf gegen die Dunkelheit, tastete sich an überglasten Astausläufern entlang, die kalt hinter ihm entzweibrachen. Im Forst stand leichter Nebel, durchsetzt von Braunkohlegeruch. Bei Wachter brannte noch Licht. Schon von Weitem schlugen die Doggen an. Sie jaulten und warfen sich gegen den Zwinger, Ketten rasselten, schlugen gegen Metall. Lee hatte die Tölen schon damals gehasst.

Soweit sich das in der Nacht erkennen ließ, stand die vorderste Wohnstube des alten Bungalows noch, zumindest die Fassade. Wachters Leben im Forst war ohnehin nie viel mehr als das gewesen, eine Fassade, hinter die Lee niemals zu blicken vermocht hatte; in die Waldluft mischte sich immer herberer Braunkohlegeruch.

Wachter stand auf der Veranda im Schnee und rauchte, sein kahler Schädel war unbedeckt, das Johlen und Jaulen der Doggen beendete er mit einem einzigen Pfiff.

– Weißte eigentlich, wie spät das ist?, sagte er.

– Ich hab noch Licht gesehen.

– Das heißt nichts, das Licht brennt die ganze Nacht, seit wieder einer hinter den Pferden her ist.

– Also?

– Biste dir sicher, dass de nich' einfach nur besoffen bist?

– Mach's kurz, Wachter. Krieg ich den Kahn, oder krieg ich ihn nicht?

– Weniger verrückt als dein Vater biste jedenfalls nicht. Schlägst hier auf, ziehst ein, als wär nichts gewesen, und in der ersten Nacht brauchste erst mal den Kahn.

– Es ist die zweite.

– Weiß nicht, ob du's schon mitgekriegt hast, aber die Sydow ist zugefroren.

– Bis auf die Fahrrinne.

– Und wie willste den Kahn inne Fahrrinne schleppen, bei dem Eis?

– Auf dem Rücken, würd ich mal sagen.

– Erinnert mich alles an früher.

– Heißt das, ja?

– Aber glaub nicht, dass ich dich aus'em Fluss zieh, wenn de abgluckerst.

– Danke, Wachter.

– Ach, hau einfach ab.

– Noch was, Wachter.

– Wie? Noch nich' genug palavert für eine Nacht?

– Ich brauch ne Hacke.

– Wenn de so weitermachst, werden se dich auch noch abholen. Is' keinen Tag zu früh abgehauen, dein Vater. Sein Bett war noch nicht kalt, wie Karlsson hier war. Was versteckste denn drüben, im Wagen?

– Mich.

Wachter lachte und spuckte seine Kippe in den Schnee, ein Vorgang, der schon früher von längeren Speichelfäden begleitet war. Sobald er sich ihrer kopfruckelnd entledigt hatte, wies er auf den wellasbestgedeckten Unterstand, unter dem Janusch in seiner Box im Stroh gestanden hatte, solange Lee denken konnte. Nun war auch Janusch nicht mehr.

Wachter drehte sich um und verkroch sich in seinen feuchten Bungalow, ein scharfer Fluch drang heraus, dann schepperte es mehrmals. Offenbar schlug Wachter auf den Gegenstand ein, an dem er sich gestoßen hatte, eine Baustellenlampe oder eine Schlachtwanne vielleicht; die Doggen in ihrem Zwinger knurrten Lee vom Gelände. Er verstaute die Hacke unter dem Stemmbrett des Kahns, umwickelte und verknotete sie mit einem Riemen, schulterte den Kahn und ging auf unberührtem Schnee quer durch den Kiefernwald nach Osten, immer nach Osten, im Osten war der Fluss, und im Fluss steckte das Tier.

Wieder vibrierte sein Handy.

Lee dachte nicht daran, den Kahn abzusetzen und den Anruf entgegenzunehmen.

Siebzehn Mal hatte sie nun schon angerufen.

Es gab ein Wort dafür, wenn man ihn fragte: Telefonterror.

– Guten Tag, hier ist nochmal …

– Hallo, ich habe bereits ein Dutzend Mal …

– Das ist doch keine Lösung, einfach nicht ans Telefon zu gehen …

– Guten Abend. Wenn Sie bis Montag, sechzehn Uhr, nicht …

– Hallo, Sie wissen ja, wer hier spricht …

– Das ist dann mein letzter Versuch. Ab sofort hören Sie von …

Am Deich schlug er sich einen Weg über den Eisfall, entlang einer gefrorenen, sichtbaren Seitendrift, um die gröbsten Bruchkanten herum, bis er den Bug des Kahns in die aufgerissene Fahrrinne der Sydow hinabgleiten ließ. Er fasste den Kahn am Heck, sprang nach, stieß sich vom Ufer ab, schaukelte auf schwarzem Wasser in kalter Nacht.

Schlag um Schlag klatschten die Ruderblätter herab, die Dollen hatte Wachter scheints geölt, für neun Grad unter null kam Lee gut voran. Er ließ sich seitlich an den Rand der Fahrrinne treiben, von einer der hier gezackt ins Flusswasser greifenden Uferschollen auffangen. Der Kahn schaukelte aus, Lee zog sich über die Backbordseite an Land.

Neben dem toten Schädel der Ricke stand ein Kitz. Im Winter? Es stupste den Schädel der Mutter immer wieder an. Lee ging in die Knie, das Kitz wich ein paar Fuß zurück. Beide stießen sie Atemwolken aus. Lee verharrte. Dann kam er vorsichtig näher, neigte den Kopf vor der toten Mutter und drückte ihre Lider mit seinem nackten Daumen nach unten. Er stand wieder auf, schlug mit der Hacke auf das Eis ein, das eine sirrende Bruchlinie aufwarf. Er zielte auf die Bruchlinie, Flusswasser schwappte hervor, das Eis knackte und sang.

Das Kitz wich immer weiter zurück.

Bald brach Lee den ersten Block Eis heraus, an dem Teile des Schädelfells klebten. Er legte den Schädel der Mutter frei, sie tauchte ab, Eiswasser flutete die geschlossenen Augen, schwemmte die Lider nach oben, mit glasigem Blick tauchte das Tier wieder auf.

Das Junge tänzelte derweil einige Schritte vor, einige Schritte zurück, warf den Kopf auf und schnaubte.

Lees Fäustlinge waren durchnässt, doch der Schmerz ließ sich aushalten, solange er weiterhackte. Er drehte das gefrorene Muttertier in dem Eisloch um neunzig Grad, bis es ihn anstarrte, schob sich die Ärmel von Parka und Troyer über die Ellenbogen und griff zu.

Das Reh war hart, er bekam es unter der seitlichen Hinterflanke zu fassen, und als er die vorderen Läufe bereits in der Luft hielt, knackte es, der Kopf fiel zur Seite ab. Lee zog die Ricke aus dem Eis und legte sie verdreht, aber ohne offene Wunden in den Schnee.

Das Jungtier gab ein heiseres Bellen von sich, es verschwand in der Nacht.

Lee bückte sich nach der Hacke, schulterte das eisharte, flussnasse Muttertier und durchstieg den Eisfall westwärts in Richtung Fahrrinne, bettete das Reh in den wartenden Kahn. Hinter sich meinte er, einen weiteren Jäger zu hören, doch als er stehenblieb, verstummten die Schritte hinter ihm ebenfalls.

Das Kind lag nicht mehr auf der Liege.

Lee erschrak, spürte den Schreck als flauen Schlag in den Magen. Mit dem Handy versuchte er, die Dunkelheit auszuleuchten, der Lichtkegel fiel auf weitere Abbildungen sich besteigender Geißen und Böcke, auf den erloschenen Ofen, auf das wenige Zeug, das Lee aus der Stadt mitgenommen hatte. Wäsche. Ein Handtuch. Sein Ausweis. Geld.

Aber kein Kind.

Lee schloss die Augen, hielt sich fest, dachte nach.

Wachter.

Er wollte eben den Wagen verlassen, als er ein leise genuscheltes Schlafgeräusch unter der Liege vernahm. Das matte Licht seines Handys fiel auf das Gesicht des Kindes, das eingerollt auf dem Blechboden lag.

Es schlief.

Lee zog es vorsichtig hervor, wärmte es am eigenen Leib. Eine halbe Stunde blieb er so sitzen, strich dem Kind durchs Haar, ließ sein Kinn auf die Brust des Kindes herabsinken, drückte seine eigenen Augenlider so fest zusammen, bis das Tränenwasser darunter hervortrat, dann legte er sich schlafen, er schlief neben dem Kind. Er lauschte auf den Atem des Kindes, manchmal seufzte es im Schlaf, einmal schrie es und warf sich unruhig hin und her, er wagte kaum, es zu berühren, legte vorsichtig seinen Arm um den kleinen Körper.

Draußen lag das tote Reh in der roten Wanne im Schnee.

Die Temperaturen fielen noch einmal in der Nacht, aber nur um ein oder zwei Grad. Es wird nicht mehr kalt, hatte der Vater immer gesagt, wann immer der Frost den Boden nicht metertief gepackt hielt. Es wird einfach nicht mehr richtig kalt!

War das Wasser der Sydow im Sommer zu warm und veralgte, lag das an der Tiermehlfabrik auf der anderen Seite der Sydow, in der sie Tiere zu Teer verarbeiteten. War die Luft im Winter zu warm und das Eis schmolz, lag das an den Kraftwerken hinter der Grenze, die noch immer mit Braunkohle befeuert wurden. Es gab immer einen Grund. Es gibt immer einen Grund, hatte der Vater gesagt. Wir sehen ihn oftmals nur nicht.

Der Ofen erkaltete in der Nacht, sie schliefen mit Handschuhen, zugezogenen Jacken und übergestülpten Kapuzen. Am Morgen ging Lee hinaus, schleifte einige Bohlen herbei, die unter dem Vordach des Forsthauses schneegeschützt auf dem Waldboden lagen, entfernte die gröbsten Nägel und Eisenklammern und spaltete die Bohlen dann auf dem Klotz. Er hackte ein paar Birkenscheite klein, trug sie in den Wagen, schälte die weiße Rinde herunter, gab Späne und Scheite hinzu, doch so gut die Rinde auch brannte, der Ofen zog nicht. Das Morgenlicht hatte das Rohr angewärmt, während der Ofen kalt blieb; Lee knüllte einen Bogen Zeitungspapier zusammen, zündete ihn an und hielt das Papier in den Brennraum, bis es durch das Rohr nach oben gesogen wurde, endlich hatte er Zug.

Das Anzünden der Späne überließ er dem Kind.

Er lobte es.

Dann brachte er dem Kind geschmolzenen Schnee in einer Blechkanne und zog es aus. Das Kind umklammerte seinen schlotternden Körper, seine kleinen Lippen bebten.

– Mach schnell, Papa.

– Nein, wir machen das gründlich.

– Mir ist aber kalt.

Er klatschte mit der baren Hand Wasser auf den kleinen Leib, das Kind zuckte zusammen, schrie aber nicht. Er verrieb das Wasser unter den Achseln des Kindes, wo sich schwarzer Dreck abgesetzt hatte, er säuberte die kleinen Buchten zwischen den Zehen.

– Kann ich mich wieder anziehen?

– Gleich.

– Gleich, in hundert Minuten, oder gleich, übermorgen?

– Zwanzig Sekunden, sagte er.

– Wie viel ist das?

– Bis jetzt. Zieh dich an.

Vielleicht hatte Marjuscha recht gehabt, und das Kind war zu klein. Er wusste es nicht. Vielleicht war es das Land, das zu groß war. Das Kind ängstigte sich vor Rehen, und Lee ängstigte sich vor dem Kind. Lee wollte ihm verbieten, sich zu ängstigen, ihm die Angst austreiben, es schütteln, bis es groß genug wäre, sich nicht mehr zu ängstigen, es erwachsenschütteln, es freischütteln. Das Kind zog sich an und kuschelte sich vor den glühenden Ofen.

– Hab keine Angst, sagte Lee.

– Warum? Ist es gefährlich, hier?

Sie frühstückten Würstchen und feucht gewordenes Toastbrot. Sie sprachen nicht, während sie aßen. Sie sahen einander nicht an.

Der Wind kam beständig aus Osten, hatte sich aber um einige Grad erwärmt, ließ die vereisten Äste der Kiefern weniger starr erscheinen, wenn es auch noch nicht taute. Zwei Zapfen, die vom Wagendach herabwuchsen, rahmten das Fenster wie Walrosszähne, der Wind trug einen stechenden Hausbrandgeruch von der Grenze herüber, Braunkohle, Plastik; was immer Lee draußen abstellte, den Plastikeimer voll

Wasser, eine Bierflasche, drohte bei den Minusgraden in zwei Hälften zu zerspringen.

– Was machen wir jetzt mit ihr?, fragte das Kind, nachdem es sich die letzten Krümel aus den Mundwinkeln gerieben hatte.

– Wir nehmen ihr die Haut runter.

– Damit die Seele in den Himmel kann?

– Ja, schau her.

– Warum hast du mich nicht mitgenommen? Du hast mir versprochen, dass du mich nicht mehr allein lässt.

– Ich war keine Stunde weg.

– Das ist lang, eine Stunde, wenn man nicht schläft.

– Du hast geschlafen.

– Nicht eine Minute.

– Das sagst du jede Nacht. Und nun schau her. Oder willst du nicht wissen, wie's geht?

Lee war unsicher, ob er das Reh vor dem Zerlegen auftauen sollte, oder ob er es besser gefroren zerhackte. Im gefrorenen Zustand wären die Körperteile sauber zu trennen, würden dann aber beim Auftauen umso stärker wässern und bluten. Schließlich entschied er sich dafür, das Tier aufzutauen, er holte die Wanne in den Wagen.

Bald lag ein kalter Geruch in der Luft, buttrig, metallen. In der roten Plastikwanne hatte sich Flusswasser gesammelt, das aus dem Fell ausgetreten war. Die Läufe und der Schädel hingen nun, biegsam geworden, über dem Wannenrand. Lee kniete sich vor das Tier und berührte es am Hals, strich ihm über das Fell.

– Werd dir mal'n bisschen die Haut runternehmen, sagte er.

– Sie ist tot, sagte das Kind.

– Ja.

– Warum sprichst du mit ihr?

– Kann sein, sie hört uns noch.

– Man kann hören, wenn man tot ist? Woher weißt du das? Warst du schon mal tot?

– Nein, noch nicht.

Sein erstes Reh hatte Lee zerlegt, als er dreizehn geworden war. Der Vater hatte seine Handgriffe angeleitet, die Mutter hatte da schon im Obergeschoss auf der Couch gelegen und den ganzen Tag an die Decke gestarrt.

Er nahm das Messer vom Boden, mit dem er zuvor einige Späne von den Scheiten geschnitzt hatte, rieb es an seiner Hose blank, wollte die Liege als Unterlage raustragen, doch es fiel neuer Schnee.

– Sie will scheints im Wagen zerlegt werden, sagte er zu dem Kind.

– Sie ist tot. Ich glaub, sie will gar nichts.

Lee hob das Reh aus der Wanne, bettete es rücklings auf das geriffelte Bodenblech und brach es auf, indem er das Messer zum Brustbein führte. Er trennte das Geschlecht ab und weitete die Bauchhöhle, entfernte das halbgefrorene Herz, die Lungen und das Zwerchfell und das Gekröse. Organe und Geschlecht warf er in die Plastikwanne, hängte die Hinterläufe des aufgebrochenen Rehs an das Ofenrohr, bis der Kadaver frei vor Lee in der Luft hing, die Bauchseite ihm zugewandt.

– Alles in Ordnung?, fragte er das Kind.

– Ich denk mal, schon.

– Gruselst dich nich'?

– Gruseln würd ich nicht sagen.

– Sie tut dir leid.

– Sie tut mir nicht leid. Ich denke, du hast alles richtig gemacht.

Lee durchtrennte die Sehnen unter dem Kiefer, löste das Bindegewebe, drehte den Kopf scharf zur Seite, das Genick war bereits beim Bergen aus dem Fluss gebrochen. Mit einem letzten Schnitt hinter den Lauschern nahm er den Kopf vom Leib. Er griff an den Hinterläufen unter die Haut und trennte sie vom Knochen, setzte beidseitig an den Sehnen des Gelenks einen Schnitt, umrundete den Knorpel mit dem Messer und brach die Gelenke auseinander.

– Oweia, sagte das Kind.

– Was ist?

– Es hat geknackt.

– Hat es? Hab ich gar nicht gehört.

– Doch, hat es. Nicht ganz laut, eher so mittellaut. Hast du's wirklich nicht gehört?

– Nein.

– Verrückt. Dass ich was höre, was du nicht hörst. Vielleicht seh ich auch was, was du nicht siehst?

– Und das ist rot?

– Nein, ich mein, vielleicht siehst du was andres als ich. Vielleicht ist bei dir alles rot, was bei mir gelb ist. Oder grün?

Er wollte das Kind in die Arme schließen, doch seine Hände, seine Ellen waren zu blutig. Er warf die Hufe zum Rest in die Wanne, schnitt rechts und links in die Ellenbogen und bog die Hufe der Vorderläufe nach hinten, legte sie ab, dann schabte er das Bauchfell vom Fleisch. Er fuhr mit der Klinge zwischen Muskeln und Haut, durchtrennte mit kurzen Schnitten das Gewebe, stülpte die Haut mit halber Kraft über den Hals und über die Vorderläufe nach unten.

Als er die Haut in der Hand hielt, nickte er dem Kind zu, das Kind öffnete für die Seele das Fenster.

– Warum ist ihre Zunge blau?, fragte das Kind.

– Opa sagt, es liegt an Lunewin.

– Was ist mit Lunewin?

– Unten am Fluss.

– Ja, schon. Aber was ist damit?

Lee spaltete das Rückgrat des Rehs in der Mitte, teilte es in zwei Stücke, löste das Schulterfleisch vom Blatt, halbierte das übrig gebliebene Hinterstück, wobei er den After herausschnitt. Er trennte das Bauchfleisch vom Rücken und durchkniff mit einer Zange die Rippen, entnahm die Filets, löste das Fleisch, führte die Klinge möglichst nah am Knochen, schnitt grobe Steaks aus den Keulen.

– Und? Hast du zugeschaut?

– Einmal hab ich die Augen zugemacht.

– Als es geknackt hat?

– Nein, als du mich in den Arm nehmen wolltest. Du warst voller Blut.

Er stand auf und wischte sich die Hände an der Hose ab, dann nahm er das Kind auf, das den Kopf auf seiner Schulter ablegte. Ein

Reh, das krank war, ließ man nicht in der Sydow zurück. Man befreite es und zog ihm die Haut ab und öffnete seiner Seele das Fenster.

So einfach war das.

Als das Kind den Kopf wieder hob, war Lees Parka an der Stelle, wo das Auge des Kindes gelegen hatte, dunkel verfärbt.

In manchen Sommern hatte die Krankheit schlimmer gewütet als in anderen, dann hatte der Vater bis zu einem halben Dutzend Tiere an einem Tag erschossen. Fieber. Schaumiger Speichelfluss. Schwärende Flanken. Ödeme an Lippen und Augenlidern. Blaufärbung der Zunge. Die Symptome passten zu keinem bekannten Krankheitsbild. Die Jagdstrecke der toten Rehe, Marder und Füchse, die im Schatten der Waldlichtung auf den Aufbruch ihrer Kadaver warteten, hatte Lee auf eine Art nervös gemacht, die er zuvor nicht gekannt hatte. Die hilflose Willfährigkeit der toten Glieder, der kalte Geruch. Er hatte die Tiere eines nach dem anderen in die Küche getragen, wo der Vater das Messer wetzte und sagte, am Ende sei es besser so für das Tier.

– Was ist mit Lunewin, unten am Fluss?, wollte das Kind noch immer wissen.

– Dort bringen sie die Tiere hin, die tot sind. In eine große Fabrik. Sie machen Mehl aus ihnen, das Mehl kommt in den Teer. Und was flüssig ist, leiten sie in den Fluss.

– Rehe trinken doch gar nicht aus dem Fluss.

– Rehe nicht, aber Fische.

– Rehe fressen keine Fische.

– Biber tun es.

– Rehe fressen auch keine Biber.

– Nein, aber im Kot der Biber wächst Bockshorn, und den fressen die Rehe, sagte Lee.

Es hängt alles mit allem zusammen, hatte der Vater immer gesagt. Nun war der Vater aus dem Forst verschwunden, nachdem etwas vorgefallen war im Ort. Janusch war tot, Wachters Gaul. Lee nahm den Blick von dem sauberen Gemetzel in der Wanne, stand auf und atmete flach, etwas drückte ihm auf die Lungen. Er zog den Parka an, klemmte sich die Haut des Rehs unter den rechten Arm und ließ das zerlegte Tier unter dem Ofenrohr zurück.

– Wohin gehst du?, fragte das Kind

– Zu Wachter.

– Der Mann von gestern? Aber warum? Er ist böse. Geh nicht zu ihm.

– Ist besser, wenn du hier wartest.

– Lass mich nicht allein.

Das Kind streckte ihm seine Arme entgegen, er nahm es auf. Er drückte seine Wange an die des Kindes. Das Kind beschwerte sich, dass er kratze. Es roch süß und jung und nach Milch.

– Als wir noch zuhause waren, begann das Kind.

– Ja? Er mochte es nicht, wenn das Kind von Marjuschas Wohnung als seinem Zuhause sprach.

– Ich meine, als Mama schon vorgegangen war.

– Vorgegangen? Wohin?

– Na, zu Opa, denk ich?

– Was war da?

– Warum durft ich dann auf einmal auf dem Boden essen? In der Küche?

– In der Küche? Du hast nicht auf dem Boden gegessen.

– Ich hab auf dem Boden gegessen.

– Hast du nicht.

– Du hast es nicht mitgekriegt. Du hast geweint. Ich hab die Krümel dann unter den Tisch gefegt.

– Du hast nicht auf dem Boden gegessen. Niemals. Da war'n keine Krümel.

– Da war'n welche.

– Nein. Und jetzt, bis gleich.

Lee hätte der Braunkohlefahne blind folgen können, um zu Wachter zu finden. Wachter verbrannte die Briketts nicht, er verschmorte sie. Die Wände seines Bungalows trockneten nicht, und sobald die Temperatur im Innenraum über fünfzehn Grad stieg, nannte es Wachter behaglich.

Die Doggen jaulten bei jedem Schritt, den Lee sich näherte, lauter. Sie sprangen durcheinander, warfen sich mit Kraft gegen das Gatter des Zwingers, glitten zu Boden, bellten, nahmen Anlauf, sprangen erneut.

Wachter stand auf seiner windigen Veranda und rauchte eine neue Zigarette an der alten an.

– Kannste nich' mal die Doggen –?

– Was kann ich die Doggen nich' mal?

– Ich versteh kein Wort, Wachter.

– Rauslassen kann ich se, falls de das meinst? Vielleicht mögen se dich ja? Wenn nich', dann gnade dir Gott.

Er pfiff durch die Finger.

Prompt war es still.

– Kommste jetzt täglich zum Plaudern?

– Ich hab dir was mitgebracht, sagte Lee.

– Kummer und Sorgen, ich weiß.

– Ich hab ne Haut für dich.

– Das schmuddelige Zeug is' ne Haut?

– Von ner Ricke. Hat in der Sydow gelegen.

– Ach, dafür der Kahn.

– Ich dachte, ne Haut kannste immer gebrauchen.

– Weißte was? Ich will nix mehr hören davon. Häute, Rehe, das ganze Zeug. Wird mir nur übel von. Wär nich' schlecht, wenn de einfach wieder verschwindest.

– Dann nehm ich die Haut wieder mit?

– Warte. Ne Haut würd ich unter Umständen schon nehmen. Was willste dafür?

– Nichts. Ist ein Friedensangebot.

– Sind wir im Krieg?

– Hättest nichts dagegen gehabt, wenn ich in der Stadt geblieben wär, nehm ich mal an.

– Nee, hätt ich nicht. Habt ihr euch getrennt?

– Ich brauchte nur frische Luft. Verstehste? Luft, die man atmen kann.

– Hab nie geglaubt, dass das was wird mit euch. So eine kannste nicht halten, Junge. Du nicht. Gibt immer einen, der nen besseren Anzug trägt.

– Soll ich die Haut jetzt dalassen, oder nicht?

– Ach, häng se mal da unter den Unterstand. Zu Janusch, in den Koben.

– Was ist passiert, mit Janusch?

– Das fragt der Richtige.

– Wachter, ich hab keine Ahnung davon.

– Du nicht, aber dein Vater könnt schon was wissen, wenn de mich fragst.

– Seit wann ist er fort?

– Seit nem halben Jahr. Seit Janusch nicht mehr ist. Was das heißt, überlass ich deiner schmutzigen Fantasie. Geilste dich auf an den Zeichnungen? Sind die von dir oder von ihm?

– Von mir sind se jedenfalls nicht.

– Sag ich ja. Er war nich' der, für den du ihn hältst.

– Hör auf, Wachter. Er hat keiner Spinne was zuleide getan.

– Ner Spinne nicht, nee, da haste recht.

Das Kind drückte seine Stupsnase am Fenster des Bauwagens platt. Lee sah das Gesicht von Weitem im fahlen Nachmittagslicht. Das Kind winkte hektisch, sobald es ihn erkannte. Die Heftigkeit versetzte Lee einen Stich.

– Ich hab die ganze Zeit Schritte gehört. Und Stimmen, im Wald!

– Meine Schritte. Meine Stimme. Wachter wohnt kaum dreihundert Meter von hier. Beruhige dich.

– Ist das ungefähr ein Kilometer?

– Nicht mal ein halber. Ich bin bei dir. Beruhige dich.

Das Kind atmete heftig und klammerte sich an Lees Schienbein, setzte sich auf Lees Fuß. Wenn er einen Schritt machte, zum Ofen, zur Liege, zum Fenster, ließ sich das Kind mitschleifen. Er nahm es hoch und setzte es auf der Bettkante ab.

– Geh ich morgen wieder nicht in den Kindergarten?

– Nein, morgen bleibst du zuhause.

– Ist das jetzt unser Zuhause?

– Jetzt, ja.

– Und dann?

– Ab jetzt ist Zuhause, wo ich bin.

Auf dem Vorplatz, zwischen Bauwagen und Forsthaus, entzündete Lee ein Lagerfeuer aus Ästen und Bauholz. Der Ostwind half, es zügig zu entfachen. Etwas abseits vom Feuer grub er einen Trichter in den Schnee, klopfte die Ränder mit dem Spaten fest und entnahm der Plastikwanne den Schädel des Rehs. Er schnitt das verbliebene Ohr ab und stellte den Schädel auf den Trichterboden, bedeckte mit der Ohrmuschel einen hässlichen Blutfleck im Schnee. Aus den Hufen bildete Lee eine Raute, gab die Innereien hinzu und zuletzt das Geschlecht.

– Warum tust du das?, fragte das Kind.

– Wir bieten sie den Wildtieren an.

– Damit sie auch was zu essen kriegen?

– Sie hat gelebt. Was einmal gelebt hat, wirft man nicht einfach weg.

– Auch, wenn es tot ist?

– Auch dann.

Vor dem Bauwagen grub Lee ein zweites Loch, fast eine Elle tief. Er kleidete die Kammer mit Schnee aus, gab die Lenden, den Kamm, die Blätter und den Rücken des Rehs hinein und deckte sie mit einer Schicht Eis ab. Dann trug er die Plastikwanne, in der nur noch das zerkleinerte Suppenfleisch und einige vorgeschnittene Koteletts in blutigem Flusswasser lagen, zur Feuerstelle.

Die Holzscheite waren inzwischen durchgeglüht. Lee richtete die Backsteine, auf denen der Vater ihren Anteil des Fleischs gebraten hatte, gab Schnee in einen Teflontopf und stellte ihn auf den heißen Steinen ab. Der Schnee schmolz, das Teflon warf hässliche Blasen, Lee gab das Suppenfleisch ins Wasser und legte die vier Koteletts auf den Steinen zum Garen aus.

Während das Wasser kochte und die Koteletts zu zischen begannen, nahm er das Handy aus seiner Parkatasche.

Neun neue Nachrichten, die er nicht abhörte.

Gefahr durch Handystrahlung überschätzt.

Kein einziger schwarzer Kandidat ins Rennen um die Oscars geschickt.

Am übernächsten Tag stiegen die Temperaturen angeblich über Null.

Ein verbrannter Fleischgeruch stieg von den Rehkoteletts auf, Lee wendete sie, die Unterseite war schwarz, herb, verdorben. Er nahm das Fleisch von den Brandsteinen und legte es auf einem Findling außerhalb der Feuerstelle ab.

– Du hast es verkohlt, sagte das Kind.

– Man kann's essen, wenn man Hunger hat.

– Ich glaub, dann hab ich keinen Hunger.

– Hilf mir, es einzuwickeln. Wir nehmen es mit. Hier, nimm eine von den Plastiktüten.

– Wir nehmen es mit? Heißt das, wir geh'n bald los?

– Ja, übermorgen.

– Weiß Mama, dass wir kommen?

– Sie freut sich auf uns.

Gemeinsam löschten sie die Glut und gingen mit dem verkohlten Fleisch in den Wagen. Lee nahm die blecherne Visitenkartenschatulle aus der Brusttasche seines Parkas und zählte sein Bargeld. Zweihundertachtzig Euro. Zwanzig schon weg für Milch und Brot von der Tankstelle. Er zögerte. Die Zeichnung da unten, links, neben der Liege? War die nicht neu? Eine verknappt gezeichnete Stute, sanft ansteigender Widerrist, volle Rundung der Kruppe, dahinter ein auf zwei Läufen stehender Hengst. Im Hintergrund zwei kleine Fohlen. Lee strich mit dem Finger darüber, als könne er so prüfen, ob die Farbe noch frisch war.

– Meinst du, sie ist noch böse auf mich?

– Nein. Es war besser so für sie. Glaub mir. Außerdem war ich es, der geschossen hat. Du kannst ganz beruhigt sein.

– Ich mein nicht die Ricke.

– Wen dann? Wer sollte böse auf dich sein?

– Mama.

– Mama? Aber warum?

– Wegen der Nacht, bevor sie gegangen ist. Wir haben gestritten.

– Ich glaub nicht, dass sie sich noch daran erinnert.

– Sie hat mir ein Überraschungsei geschenkt, mit einem Happy Hippo drin. Und sie hatte noch ein Ei in der Hand, das wollte sie mir geben, wenn ich von Julian zurück komm. Aber ich wollte es gleich, falls noch ein Happy Hippo drin ist, damit ich Julian eins schenken kann. Ich wollte, dass wir jeder eins haben.

– Aber sie hat dir das zweite Happy Hippo nicht gegeben?

– Nein. Und dann hab ich sie in den Bauch geboxt.

– Du hast sie geboxt?

– Und dann ist sie gegangen, und am nächsten Morgen ist sie nicht wiedergekommen, sondern zu Opa.

– Sie ist nicht mehr böse, glaub mir.

– Sicher?

– Du kannst ganz beruhigt sein. Und nun versuch, ein wenig zu schlafen. Wir werden alle Kräfte brauchen, wenn wir aufbrechen.

Das Kind krabbelte auf seinen Schoß, umschlang Lees Rumpf, die Arme zu kurz, als dass sich die Hände hinter Lees Rücken berührt hätten, das Kind drückte immer fester zu.

– Du tust mir weh, sagte er. Und lachte.

– Das ist, weil ich dich so lieb hab.

– So lieb hast du mich?

– Ja, so lieb. Schau!

Das Kind drückte noch einmal fester zu. Dann ließ es von ihm ab, senkte den Kopf in Lees Schoß. Er streichelte es, bis sich die kleine Stirn glättete, bis sich der Atem des Kindes beruhigte. Er erzählte dem Kind zum Einschlafen eine Fantasiegeschichte, wie es die Mutter des Kindes immer getan hatte. Die Geschichte eines Hirschkäfers, der zu einem Baum wurde. Sein Panzer, sein Kopf, seine Beine, alles verholzte. Erst weinte der Hirschkäfer, weil er nicht mehr fliegen konnte, doch dann war er stolz, wie groß und wie stark er geworden war. Lee erzählte ausführlich, schmückte jedes Detail aus; doch dann fiel ihm nichts mehr ein.

– Es hat nicht geklappt, sagte das Kind.

– Was meinst du?

– Ich hab die ganze Zeit an Mama gedacht.

Auch Lee schlief nicht. Dass sein Vater schon ein halbes Jahr fort war, würde die Suche erschweren. Er konnte in einem benachbarten Weiler oder schon kurz vor Ostende, an der Mündung der Sydow, sein. Lee wusste es nicht. Er nahm an, dass sein Vater dem Damm der alten Sydower Bahn nach Osten gefolgt war, ins Luch. Es gab dort eine alte Schnitterkaserne, von der ihm sein Vater erzählt hatte. Lee würde ihm auf die Spur kommen. Der Vater hatte ihn das Lesen von Spuren gelehrt. Lee sah auf den dunklen Vorplatz hinaus, er hörte nagende Geräusche. Ein Scharren, ein Graben von Krallen, gefolgt von Beute verteidigendem Fauchen. Die ersten Wildtiere hatten die Überreste des Rehs entdeckt.

Die Frau hatte ihn gefragt, ob er zurechtkäme. Sie hatte ihre Nummer dagelassen. Sie hatte das Bad sehen wollen. Seltsamerweise nur das Bad. Sie hatte Häkchen auf einem Papier gesetzt. Und gerade in dem Moment, als Lee das Klemmbrett etwas altmodisch erschien, hatte sie die Daten mit ihrem Handy eingescannt.

Das Kind kauerte während ihres gesamten Besuchs in der Ecke im Flur.

– Es ist nicht immer so, sagte Lee.

– Wie ist es sonst?

– Ich weiß nicht. Es spricht. Es singt.

– Auch jetzt noch? Ich meine, noch immer?

– Davon reden wir nicht. Es ist fünf.

– Was sagen Sie ihm?

– Es hat einen Freund, mit dem es spricht. Julian.

– Julians Eltern wissen Bescheid?

– Ich kann Ihnen sagen, wie's läuft. Sobald Sie die Tür hinter sich zumachen, springt es wieder und lacht.

– Ich weiß. Es sind kleine Teufel.

– Nein. Es ist kein kleiner Teufel. Es wär nur besser, wenn Sie jetzt gehen.

Die Frau hatte ihm die Adresse von einer Einrichtung gegeben, er kannte die Straße, sie war vierspurig und lag am anderen Ende der Stadt.

Niemals würde er das Kind einer vierspurigen Straße aussetzen, dem Lärm, dem Gestank.

Kaum hatte er sich in Marjuschas Wohnung schlafen gelegt, das Kind aus dem kleinen Bettchen zu sich auf die Matratze gehoben, klingelte das Telefon. Die Frau hatte gefragt, wann er das Kind wieder in die Tagesstätte schickte. Am Morgen meldete sich das Gesundheitsamt. Eine Vorsorgeuntersuchung war nicht als erfolgt gemeldet worden. Sie würden das Jugendamt informieren müssen. Irgendwann hatte er nicht mehr abgenommen.

Aber er hatte Marjuschas Spülmaschine stets ausgeräumt. Und wenn eines der Gläser nach dem Spülgang noch voller Spülwasser war, hatte er es trockengerieben, bevor er das Glas verkehrt herum in Marjuschas Einbauschrank stellte. Er hatte stets einen Karton Milch für das Kind im Kühlschrank. Drei Komma fünf Prozent Fett, damit es gut wuchs. Er hatte das alles unter Kontrolle gehabt.

Am Abend fuhr Krystof mit dem Pick-up vor, durchpflügte den Schnee und den Waldboden, riss Äste der Kiefern mit, gab Gas und bremste, schlitterte in den Stand. Der Motorblock dampfte in der kalten Winterluft, die Scheinwerfer ließ Krystof eingeschaltet.

Lee nahm das Gewehr, legte es an, und zielte durch die beschlagene Scheibe.

Peng.

Peng.

Das Gewehr war noch gesichert.

Krystof riss die Autotür auf, Technobass hallte über den verschneiten Vorplatz. Er warf den Kopf in den Nacken, um sich die langen Haare aus dem Gesicht zu schütteln, warf die Tür ins Schloss, der Bass verstummte.

Krystof stapfte durch den Schnee, prüfte mit einem kurzen Handgriff, ob die Backsteine der Feuerstelle noch heiß waren, umrundete seinen Pick-up, zog die Sicherungsbolzen aus den Ösen, ließ sie an den kleinen Ketten herabbaumeln und klappte dann die Seitenteile nach unten, auf der Ladefläche lag ein totes Tier.

Lee legte das Gewehr ab.

Ein Hirsch, wenn ihn nicht alles täuschte, das Geweih bereits abgeworfen, früh für die Jahreszeit.

Krystof fasste das Tier an den Hinterläufen und zog es derb in den Schnee herab, dann ging er auf den Bauwagen zu, Lee öffnete ihm. Sofort roch er den Alkoholdunst, der Krystof jederzeit umgab.

– Dann stimmt es also, was Wachter gesagt hat? Ihr seid zurück?

– Ich. Ich bin zurück.

– Kleines Feuerchen gemacht? Spuren beseitigt?

– Was soll das? Warum kippste mir nen Stück Wild in den Hof?

– Gestern sagt Wachter, dass ihr zurück seid. Und was find ich heut auf dem Weg hierher? Keine fünfhundert Meter weiter im Forst? Schau genau hin!

– Krystof. Was soll das?

Krystof packte Lee am Unterarm und zog ihn aus dem Bauwagen, er riss ihn die beiden Stufen herunter und schubste ihn dann vor sich her, durch den Schnee, zu dem toten Hirsch.

Der Hirsch hatte Schaum vor dem Maul, die Augen lagen trüb in den Höhlen, der breite Kopf wirkte wie ausgetrocknet, wie eingefallen, die Haut lag welk am Schädel, alle vier Läufe waren gebrochen und unnatürlich zur Seite geknickt.

– Und?

– Was, und?

– Kennste das Vieh?

– Natürlich nicht. Ich mein, woher auch?

– Aus dem Forst, zum Beispiel. Was haste denn gemacht, heut Nacht?

– Geschlafen.

– Hat dich einer mit nem Kahn auf dem Fluss gesehen.

– Heut Nacht? Auf keinen Fall. Das war gestern.

– Was war gestern?

– Ich hab nen Reh aus dem Fluss befreit.

– Also, doch.

– Also, was?

– Geht das jetzt alles von vorne los? Die Tiefkühltruhen? Das Gemetzel? Die Felle?

– Ich hab's befreit, Krystof. Es war krank. So krank, wie dein Hirsch hier.

– Du klingst schon wie dein Vater.

– Was habt ihr mit ihm gemacht?

– Er hat Wachters Gaul abgestochen, mitten am Tag. Kommt an, bricht auf die Koppel hinterm Bungalow, sticht dem Wachter den Gaul ab. Spielt sich auf wie Gott, faselt, der Gaul wär krank und dass es so besser für ihn ist. Dass er ihn erlösen will. Hat ihm Brandmale ins Fell gesetzt, was weiß ich.

– Ich hab ihn nicht mehr geseh'n, seit ich zu Marjuscha bin.

– Biste noch mit Marjuscha?

– Ja. Also nein.

– Ja oder nein?

– Nein.

– Dann werd ich sie mal besuchen.

– Vergiss es, Krystof. Und deinen Hirsch, nimm ihn wieder mit. Ich hab damit nichts zu tun.

– Ihn? Is' ne Kuh.

– Sag ich ja, ich hab das Tier noch nie gesehen.

– Ach, Scheiße, Lee, was für ein verdammter Scheiß. Und jetzt pack mal an. Kannste das noch?

– Was kann ich noch?

– Anpacken.

– Weil ich in der Stadt war, meinste?

– Weil de weg warst, ja.

– Ich denk mal, das geht schon noch.

Sie hoben die Hirschkuh auf die Ladefläche zurück. Sie blieb nicht liegen wie ein sauber erlegtes Tier, sie hatte jede Spannkraft verloren, Schädel und Glieder schienen eher zu zerfließen, als zum Liegen zu kommen. Krystof klappte das seitliche Ladeteil nach oben, verschloss die Öse mit dem Bolzen und spreizte die Sicherungsfeder.

– Und, was machste jetzt mit ihr?, fragte Lee.

– Rüber nach Lunewin.

– Kannste nicht machen.

– In dem Zustand? Ich ess sie nich. Und das Fell is' auch total hinüber.

– Dann lass sie lieber hier. Ich will nicht, dass sie zu Teer wird. Ich kümmer mich drum.

– Weißte was, Lee? Weißte, was ich glaub? Ich glaub, du bist noch viel, viel bekloppter als die hier alle denken, im Forst.

– Lass sie hier, Krystof. Was willste dafür?

– Ne zweite Chance, vielleicht?

– Vergiss es.

– Ich hoff mal, sie hat's endlich kapiert?

– Marjuscha? Was soll sie kapiert haben?

– Dass sie die falsche Wahl getroffen hat.

Krystof setzte sich zwischen die zerdrückten Bierdosen auf die Fahrerbank, startete den Motor, die Technomusik sprang an, Schnee spritzte unter den vier Reifen hervor, Krystof riss das Lenkrad zur Seite, kurbelte und gab Gas, holperte über Schnee und Wurzeln und gekippte Kiefernstämme davon.

Lee blieb in einer beißenden Wolke aus Dieselabgasen auf der Lichtung zurück.

Nachts ging etwas zu Boden, Lee war augenblicklich wach. Das Kind war heruntergestürzt, robbte im Schlaf über das Bodenblech, Lee hob es auf die Liege zurück. Es schlief auf dem Rücken, streckte die Arme von sich wie eine kleine Gliederpuppe, unter den Lidern zuckten die Träume. Er berührte das Kind an den Wangen, die ihm deutlich zu kalt erschienen, die kleine Nase war Tag und Nacht nass und gerötet.

Er verharrte über das Kind gebeugt und beobachtete, wie es schlief. Er sah nichts von Marjuscha in dem Kind, nicht dieselbe Nase, nicht denselben Mund, er hielt das alles für Kitsch. Er bedauerte nicht, dass er keine Fotos von ihr auf dem Handy hatte, bei Facebook und Instagram nicht angemeldet war; die Mühe, die es ihn kostete, ihre Gesichtszüge aufzurufen, ihrer Gegenwart nachzuspüren, war er ihr schuldig.

Er lag im Halbschlaf. Er vermisste die Zeit, in der das Kind in ihr gewesen war. Das dünne Trägerhemdchen. Der pralle Bauch, der das Kind barg. Der flache Schoß, in den sie ihn aufnahm. Sein Drang, nackt mit ihr zu sein, sie nackt zu sehen, ihren Busen, ihren Mund, für ihn bereit; als es Tag wurde, blieb eine verstörend klare Erinnerung daran zurück.

Sein Vater hatte ihnen keine Privatsphäre zugestanden; er hatte es nicht ertragen, dass Lee im Forsthaus mit ihr schlief, auf seinem Grundstück, auch dann noch, als er achtzehn geworden war, dass er sich vereinte, womöglich ein Kind zeugte, seinerseits Vater wurde, den ganzen Zirkel am Laufen hielt, oder wie auch immer, was wusste Lee schon davon.

Draußen über den Kiefern kündigte sich ein weiterer blasser Tag an.

– Guten Morgen, sagte er zu dem Kind.

– Ich hab nicht geschlafen.

– Du hast geschlafen wie ein Stein.

Die Reihe riss nicht ab. Nach der kranken Ricke und der toten Hirschkuh lag am Morgen des dritten Tages eine Stute auf dem Deich.

Rund um das Tier war der Schnee geschmolzen, der Kadaver dampfte im trüben Morgenlicht. Der Fundort war mit rot-weißem Baustellenband gesichert, ein Streifenwagen stand mit geöffneter Beifahrertür am Deich, beleuchtete die Szenerie mit Scheinwerferlicht. Krystof kniete vor der Stute, tätschelte den Hals, den Widerrist, kämmte mit den Fingern die Mähne. Krystof. Ausgerechnet. Karlsson fotografierte, und eine Polizeischülerin, die Lee nicht kannte, machte Notizen. Beide steckten in einer Art Seuchenschutz, weißer Ganzkörperanzug, blaue Füßlinge, blauer Mundschutz, Krystof wirkte daneben, als habe er eine strenge Kleiderordnung nicht befolgt.

Lee bog den Kiefernzweig nach unten, um besser sehen zu können. Zwischen ihm und dem Tatort lagen zweihundert Meter. Was auch immer geschehen war, es hätte zu keinem schlechteren Zeitpunkt geschehen können.

– Warum ist das Pferd tot?, fragte das Kind.

– Psst.

– War es krank? Wie die Ricke?

– Sei still. Wenn sie uns hören.

– Sie dürfen nicht hören, dass wir hier sind?

– Du sollst still sein.

– Aber warum?

Auf den ersten Blick wirkte die Stute in dem Scheinwerferlicht unversehrt, der glatte Körper, die Muskelstränge unter dem leuchtenden Fell, auf dem Gesäß blinkte ein Spiegelpunkt, die Mähne lag sauber am Hals. Der Kopf aber war unterhalb des Augapfels eingebrochen, das Gebiss verschoben, zwischen Kruppe und Rist senkte sich die Wirbelsäule zu tief, wie durchgeritten, wie eingebrochen, dann entdeckte Lee die Brandmale neben dem seidenen Schweif.

Krystof kniete neben dem Kadaver, er schien zu heulen. Es war seine Tamara, die tot auf dem Deich lag. Lee wies das Kind an, leise zurück in die Schonung zu treten. In dem Moment schlugen Wachters Doggen an. Krystof, Karlsson und die Polizeischülerin blickten herüber. Lee ließ den Kiefernzweig nach oben schnellen und verharrte, er hielt dem Kind seine Hand vor den Mund.

Krystof drängte in ihre Richtung; Karlsson in seiner Seuchenschutzhülle hielt ihn zurück.

– Wer war das? Wachter? Lee? Den könntste mal fragen, Karlsson. Würd mich nich' wundern, wenn der uns zu der Scheiße hier was zu sagen hat.

– Und warum sollt Lee was dazu zu sagen haben?

– Da fragste noch, Karlsson? Haste denn alles vergessen?

– Wenn mich nicht alles täuscht, war's sein Vater, hinter dem wir herwar'n. Dreh jetzt nicht durch. Ist alles vermerkt?, fragte Karlsson die Polizeischülerin.

– Schädelbasisknochen gebrochen, sagte sie, vermutlich unter Fremdeinwirkung eingeschlagen, Unfall ausgeschlossen, Todesursache vermutlich Hirnblutung, Bauch und Läufe unversehrt, Kruppe geschändet, Fell teilweise ausgebrannt, sie atmete ein, ihr Mundschutz sog sich nach innen, sie sagte: Geschlecht unversehrt.

– Was für ein verdammter Scheiß, flüsterte Lee.

Als sie außer Hörweite waren, begann er zu rennen, das Kind auf dem Arm. Im Wagen sammelte er seine Sachen zusammen, zog dem Kind trockene Kleidung an, eine zusätzliche Weste aus Wolle, gab ihm von der Vollmilch zu trinken, drehte den Plastikverschluss fest zu, packte den Milchkarton in den Rucksack, schulterte das Gewehr, drängte zur Tür.

Lee war nie der Meinung gewesen, dass es dem Kind guttat, wenn man es zu sehr schonte. Wenn er bei sieben Grad unter null gegen den Wind anlaufen konnte, konnte das Kind das auch. Es war kein Baby mehr. Es trug eine Wollweste extra. Lee sah nichts Falsches dabei. Es herrschte kein Krieg da draußen. Es gab nur die Kälte, es gab nur den Wind.

– Ich will nicht raus, wenn es schneit, sagte das Kind.

– Es wird aufhören.

– Mama würd' mich niemals rauslassen, bei dem Wetter.

– Du willst doch zu Opa?

– Ich will zu Mama. Wo ist sie?

– Nicht weit von hier. Im Luch.

– Sieh mal, Papa!

– Was ist?

– Da, vor der Kiefer!

Ein junges Kitz stand an der Feuerstelle, es kam Lee bekannt vor. Es stupste mit den Nüstern gegen den Boden, bis die Asche darunter aufstob und sich mit dem Schnee vermischte. Es wich zurück, schnupperte an der Asche, bugsierte etwas Unsichtbares mit dem Maul heraus. Ein Knorpelstück der verbrannten Ricke, der eigenen Mutter vielleicht, oder ein paar gefrorene Tropfen ihres ausgetretenen Körperfetts. Lee und das Kind betrachteten das Kitz aus dem Wagen heraus, verharrten geduckt am Schiebefenster.

Lee nahm das Gewehr von der Schulter, lud es durch, spannte den Hahn, drückte lautlos die Klinke der Wagentür, verharrte, horchte, linste durch den Spalt nach draußen. Das Kitz hatte ihn gehört oder die Abluft aus dem Wagen gerochen, es tänzelte ungelenk zurück. Lee weitete den Spalt. Das Kitz verharrte. Sie sahen sich Auge in Auge. Das Tier kam wieder näher, schnappte sich aus der Feuerstelle, was es eben erst freigelegt hatte, kaute darauf, spuckte es wieder aus.

– Mach es nicht tot, sagte das Kind.

– Es ist krank. Wie seine Mutter.

– Es ist nicht krank. Schau, wie sein Fell glänzt. Was muss ich machen, damit du's nicht totmachst?

Lee setzte einen Schritt auf die Außentreppe, dann hockte er sich auf das Rautenlochblech der obersten Stufe, das Gewehr quer über die Oberschenkel gelegt. Langsam angelte er eine Scheibe trockenes Brot aus seinem Parka, das Kitz beobachtete ihn. Lee streckte den Arm aus, es wich zurück. Aus einer kaum ersichtlichen Bewegung des Handgelenks heraus warf er das Brot von sich, in den Schnee, das Kitz erschrak nicht, verstand offenbar. Es machte einen Satz auf das Brot zu, schnappte und verschlang es und sicherte sich mit einem hochgebogenen Sprung in den Waldrand, wo es auf Lees nächste Bewegung wartete.

– Dann woll'n wir dich mal totmachen, sagte Lee. Ist besser für dich.

Das Kitz hinkte ein wenig, doch Lee war sich unsicher, ob die gelblichen Punkte an den Lefzen von Ödemen rührten oder von harmlosem Schorf, der Speichel jedenfalls begann zu schäumen. Lee legte an. Das Kind blieb verschreckt im Wagen zurück und schloss zwischen sich und der Welt die Tür.

Einen Sommer lang hatte Lee geglaubt, sie hätten die Krankheit besiegt. Auf dem Forsthof lebten bald über ein Dutzend Tiere, Böcke und Ricken auf der umzäunten Lichtung, ein Wurf Wildschweinfrischlinge, sogar ein Storch, der nicht mehr fliegen konnte. Die Tür zum Forsthaus stand den ganzen Sommer lang offen, und die Frischlinge flüchteten ins Haus, wenn ein Gewitterregen niederging. Und wenn Lee sich an einem trockenen, heißen Nachmittag Wasser aus dem Hahn in der Küche ließ, wofür er damals noch auf den Melkschemel stehen musste, gab er acht, mit den Beinen des Schemels keinen Schwanz zu durchbohren, nicht gegen eine Tatze zu stoßen. Stets miaute und fauchte es im Forsthaus. Nur der erste Stock, in dem seine Mutter in schlecht durchlüfteten Laken lag und trank, war für die Tiere nicht zugänglich.

Lees Vater, der seiner kranken Frau das Ehebett überlassen hatte, schlug sein Nachtlager mal in der Küche und mal in der Stube auf, nicht selten auch draußen, auf der Lichtung, als Jäger war er das Nächtigen unter freiem Himmel gewöhnt. Lee schlief niemals, bevor die Mutter nicht schlief, er hielt es kaum aus mit der Mutter in der totgeatmeten Luft unter der heißen Dachverschalung. Er nahm ihr das Glas aus der Hand, vergewisserte sich mit einem Wink über ihre geschlossenen Lider, dass sie schlief, und öffnete das Giebelfenster, er zog sich zum Schlafen aus und betrachtete den Mond.

Von unten hörte er dann die Lieder, die der Vater für die Tiere sang. *Siehst du die Feuer verglimmen bei Nacht, siehst du am Himmel die Sterne?* Und das Bellen und Fauchen wurde irgendwann leiser, und bald auch das Reiben der Tatzen im Sand. *Schoschonen am Feuer, ein Krieger hält Wacht, die Büffel, sie stampfen von Ferne.*

Lee wusste, dass sein Vater niemals mit einer der Zicken verkehrt hatte, das war alles nur dummes Zeug. Die Leute neideten dem Vater die Nähe zu den Tieren. Das war alles. Manchmal, wenn Lee gedacht hatte, dass die Tiere längst schliefen, fauchte einer der Frischlinge auf, stob eine Ziege über den mondbeschienenen Vorplatz davon. Seinen Vater hörte er zu diesem Zeitpunkt längst schnarchen. Der Gesang aber ging Lee nicht aus dem Kopf. *Hoa, hoa, der Nebel zieht. Hoa, hoa, der Büffel flieht.*

In einer mondlosen Nacht gegen Ende des Sommers war eine dunkle Gestalt aus dem Forst hervorgebrochen, leise und im Vermeiden nächtlicher Geräusche geübt. Lee hätte beinahe seine Mutter geweckt, doch in ihrem Zustand war sie keine Hilfe. Lee wollte seinen Vater rufen, der bereits schnarchte, erst der Zug an der Zigarette enttarnte die Gestalt. Wachter, der am Zaun stehen geblieben war und den schlafenden Vater inmitten der schlafenden Tiere betrachtete und minutenlang den Kopf schüttelte, und dann den Weg zurück durch den dunklen Forst antrat.

In jenem Sommer durfte Lee auf ein Kanu-Camp, das Wasser der Sydow war damals noch klar. Das Camp besuchten Jugendliche aus den Sydower Weilern, aus Groß Zeetz, aber auch aus Lunewin, das auf der anderen Seite der Sydow lag. Manche kannte Lee vom Sehen, andere nicht, Geschwisterpaare, die auf die Boote verteilt wurden, nur

Marjuscha und er waren übriggeblieben, und so hatten sie das letzte Kanu eben gemeinsam bestiegen.

– Komm, Kind, dann woll'n wir mal.

Sie kam von der anderen Seite der Sydow, es gefiel ihm, wie sie das R rollte. Sie war zwei Jahre älter als er und sprach kaum mit ihm, sondern lieber mit den älteren Jungen über das Wasser hinweg; sie weigerte sich, mitzupaddeln, und sobald die Leihstation außer Sicht war, zündete sie sich eine Zigarette an.

Anders als die anderen Mädchen trug sie kein Trägershirt, keine Shorts, sondern ein strenges Kleid, wie Lee es noch nie gesehen hatte, mit langen Ärmeln; sie hatte überhaupt nichts Sommerliches an sich, es war ersichtlich, dass sie das alles für eine große Kinderei hielt, Sommer, Camp, Paddeln, und dann auch noch mit einem zwei Jahre jüngeren Kind.

– Ich bin fünfzehn, sagte er.

– Sag ich ja, noch ein Kind.

Da er allein paddeln musste, hatten sie den Anschluss an die anderen nach der nächsten Biegung der Sydow verloren. Marjuscha saß im Bug, ihm zugewandt, rauchte, schmollte. Er fand es angenehm, dass sie ihm gegenübersaß, so konnte er sie ansehen, ohne dass es auffiel. Die Spitzen ihres Haars hatten sich links und rechts auf ihrem Busen zu kleinen Schnecken gerollt. Sie rutschte unbequem auf der Ruderbank umher, es schien ihr Mühe zu bereiten, ihre hohen Stiefel nicht kurzerhand auszuziehen. Er hätte gern ihre Füße gesehen. Er glaubte nicht, dass sie sich die Nägel lackierte.

Dem Windstoß, der einige hundert Meter flussaufwärts ungebremst durch eine breite Schneise im Schilf auf die Sydow traf, war Lee bis heute dankbar. Das Wasser kräuselte sich, jagte in einem huschenden Teppich auf sie zu und brachte das Boot unerwartet heftig zum Schwanken. Marjuscha krallte sich an den Bootswänden fest, ihr Ausdruck verlor alles Überlegene, es war, als würde ihr Gesicht kleiner werden, empfindlicher, die Zigarette fiel ihr aus dem Mund und erlosch zischend in der Sydow.

Lee musste schmunzeln.

So war das also.

Er holte das Ruder ein und stand auf, balancierte kurz aus und brachte das Boot dann mit kräftigen Bewegungen seiner Beine zum Schaukeln.

– Hör auf! Du sollst sofort aufhören, du Idiot!

– Hast du Angst?

– Ich hab keine Angst, ich will nur nicht nass werden.

Es gefiel ihm, wie sie vor Aufregung das R noch stärker rollte. Sie krallte sich so fest an die Bootswand, dass ihre Fingerknöchel unter der Haut weiß hervorstachen. Er setzte sich wieder.

Sie sah ihn völlig verdutzt an.

– Was ist?, fragte er.

– Du hörst ja tatsächlich auf. Ich hab noch nie einen kennengelernt, der aufhört, wenn man das will.

Seit diesem Vorfall hatte sie ihn anders angesehen. Hatte sie ihn überhaupt angesehen.

– Wo kommst du her?, fragte sie.

– Ich wohn im Forsthaus. Mein Vater ist der Förster im Revier. Und du?

– Aus Ostip, bei Lunewin. Hört man das nicht?

– Da, wo sie die Kadaver verbrennen?

– Noch nicht. Bis die Anlage fertig ist, bin ich längst in der Stadt. Da kannste Gift drauf nehmen.

– Gift? Besser nicht.

Und sie hatte zum ersten Mal, seit sie das Kanu bestiegen hatten, gelacht.

Als Lee nach einem verwirrenden Wochenende ins Forsthaus zurückgekehrt war, stand der Vater blutüberströmt in der Küche und häutete einen Frischling, auch die Bachen und Kühe, auch die Ricken und Böcke waren allesamt tot.

– Was ist passiert?, rief Lee. Was ist denn passiert?

– Die Blaukrankheit, mein Junge.

– Aber sie waren nicht krank!

– Doch, doch, wegen der Baustelle. Die Fische, die sie essen, das Wasser, das sie trinken. Die Luft, die sie atmen. So werden wir alle krank, mein Junge, eines Tages auch du.

– Du hast sie alle erschossen?

– Ich hab sie erlöst.

Im Dorf waren weitere Kadaver gefunden worden. Rehe. Marder. Füchse. Das Dorf hatte bald nur noch Kadaver gesehen. Igel. Iltisse. Waschbären.

Schon damals hatte Karlsson ermittelt.

Die Schlacht- und Häutungsarbeiten gingen einen ganzen Tag und eine ganze Nacht. Lee trug ein Tier nach dem anderen von der Lichtung in die Küche, während seine Mutter oben wie ein Geist auf den knarrenden Dielen im Kreis ging. Der Vater wetzte das Messer, klopfte Lee auf den Rücken, nickte ihm aufmunternd zu.

– Sie haben doch nur gelitten, Junge.

– Ich weiß.

Lee führte dem Vater immer neue Kadaver zu und packte die fertigen Steaks und Koteletts in Folie. Der Vater hatte drei Tiefkühltruhen nebeneinander im Keller stehen, Lee füllte sie mit Rehbraten und Frischlingfilets, im Flur stapelten sich derweil die Häute. Der Vater ging ehrfürchtig mit den Kadavern um, er streichelte die Tiere und drückte ihnen die Augen zu, auch die fertigen Schlachtteile warf er nicht in die Wanne, sondern legte sie vorsichtig ab. Sobald er eines der Tiere aufbrach, öffnete er das Küchenfenster, damit die Seele in den Himmel fand. Und welches Tier er auch zerlegte, es gab keinen Schlachtabfall, es gab keinen Mülleimer. Was er nicht benötigte, legte er in der großen, roten Plastikwanne ab, und nachts, wenn der Kauz vom Giebel herab pfiff, trugen Lee und der Vater die Wanne mit den Knorpelstücken und Haarbüscheln, mit den Augen und Hirnmassen in den Wald und boten sie den Wildtieren an; die Kadaver, erklärte sein Vater, seien nicht mehr ansteckend.

Am nächsten Morgen war die rote Wanne stets leer gewesen.

Lee nahm das Gewehr herunter und stand auf.

Das Kitz wich nicht zurück.

Die Lichtung lag weiß und leise im Schnee.

Das Kitz hatte sich bis auf wenige Fuß angenähert, die Flanke vibrierte beim Atmen, Lee legte das Gewehr ab und ging auf das Tier zu.

– Nicht, dass de mir tollwütig bist. Hast ja gar keine Angst?

Er fasste langsam in seine Parkatasche, holte eine neue, zerbrochene Brotscheibe hervor und reichte sie dem Kitz. Es zupfte die Hälfte ab, kaute, schlang, fraß ihm die andere Hälfte aus der Hand.

Als die Zunge über seine offene Handfläche leckte, bekam Lee eine Gänsehaut.

Die Zunge war blau.

Lees Vater hatte recht behalten. Es gab keinen Platz für einen Jungen. Für ein Mädchen, vielleicht. Aber nicht für einen Jungen. Der Handel mit den Fellen erkrankter Tiere war kein Beruf, sondern ein Verbrechen. Die Sydower Bahn hatte den Personenverkehr seit Jahren eingestellt, manchmal rollte noch ein Güterzug mit fabrikneuen Wagen über den Damm. Die Leute fuhren Auto oder sie flogen. Und die Piloten steuerten ihre Passagiere mit in den Tod. Es gab keine Berufe mehr. Es gab kein Land mehr. Es gab keinen Platz für ein Kind, es gab nur den Forst und die Auen, und beide hielten nicht ihr Versprechen.

Ein schmaler Kiefernzweig knackte, Lee und das Reh sahen zum Waldrand, aus dem ein Mann in einem langen Mantel trat. Wachter. Das junge Reh huschte mit zwei, drei Sätzen in die gegenüberliegende Schonung davon.

– Wie'n Pferdemörder siehste mir nicht grad aus.

– Was willst du?

– Eher wie einer mit Liebeskummer, wie de da allein auf der Lichtung stehst. Aber verrückt is' es ja schon. Da schlägste hier auf, und zwei Tage später liegt ne Stute tot auf'em Deich. Zufälle gibt's, die gibt's gar nicht. Darf ich mal im Wagen nachseh'n? Was de da drinnen so aufbewahrst?

Lee stellte sich Wachter in den Weg und verwehrte ihm den Zutritt. Einen Moment sah er Wachter ins Gesicht, die weißen Brauen, die ledrige Haut, die sich kaum vom Leder des Mantels unterschied, abgenutzt und brüchig auch sie.

– Was zu verbergen, Junge? Wachter lachte. Dein Vater hatte auch stets was zu verbergen.

– Warum sollte er?

– Oben im Forsthaus. Meine kleine Knochenkathedrale, hat er's genannt. Schnauzen von Igeln, Kiefer von Hasen und Rehen, Geweihe, olles Horn. So'n Zeug eben. Und gestunken hat das, wie der Tod leibhaftig.

– Er hat nicht für so was getötet. Das weißt du genau.

– Tu nicht so unschuldig, was meinste, was mit den Fellen passiert ist?

– Es geht hier nicht um die Felle.

– Und was glaubste, wo der Wodka herkam, den deine Mutter von früh bis spät auf'm Sofa gesoffen hat?

– Es geht nicht um die Felle, Wachter, es geht um die Tiere. Die Tiere sind krank.

– Hör mir auf mit dem Unsinn. Er hat sie umgebracht, ich hab die Felle über die Sydow geschifft. Das Fleisch und den Wodka haben wir uns geteilt. So einfach ist das. Noch Fragen?

– Sie waren krank.

– Er war's, Junge. Er war es, der krank war. Haste mal im Forsthaus nachgeschaut? Unten inne Truhen? Oben inne Stube? Willste nich' wissen, was da noch liegt. Aber ich sag dir was, jugendfrei isses nich'.

– Er hätt sie niemals erschossen, wenn sie nicht krank gewesen wären. Und die Truhen sind leer.

– Krank? Du meinst, wegen der Blaukrankheit? Wachter lachte. Da hat dich der Alte ganz schön verarscht.

Speichel trat Wachter in die Mundwinkel, den er mit dem Handrücken wegwischte.

– Und Janusch?, fragte Lee. Dein Gaul? Der war ja wohl krank. Er war schon krank, als ich hier noch gewohnt hab.

– Dein Vater hat Videos davon ins Internet gestellt. Willste nicht seh'n so was.

– Ich schätz mal, Videos von ihm und deinem Gaul, die hätt ich ja wohl gefunden. Aber da ist nichts, im Netz.

– Sie sind gelöscht.

– Papa?

Lee und Wachter fuhren herum. Auf den Trittstufen des Wagens stand das Kind. Es trug T-Shirt und Unterhose und hielt die Arme vor dem frierenden Leib verschränkt.

– Was will der Mann so lange?

– Geh in den Wagen! Warum hast du dich ausgezogen?

– Sag dem Mann, er soll geh'n.

– Warum du dich ausgezogen hast? Du sollst reingeh'n!

– Er sieht böse aus.

– Rein mit dir, rief Lee. Sofort!

Wachter drehte sich zu ihm um, die Augen zusammengekniffen, auf den Schläfen dicke, krause Adern.

– Das? Das ist es, was de vor mir versteckst? Deins? Ihrs? Und Marjuscha ist nicht da? Marjuscha lässt ihr Kind allein? Nie im Leben lässt Marjuscha ihr Kind allein. Weißte was, Lee, ich geh jetzt zu Krystof, und der holt Karlsson, und du, du bewegst dich besser nicht vom Fleck. Verstanden?

Wachter verschwand im Unterholz, Lee drängte das schlotternde Kind in den Wagen, zog es an. Lange Unterhose. Langes Unterhemd. T-Shirt. Pullover. Jacke. Mütze. Handschuhe. Er nahm den Rucksack wieder auf, den er schon gepackt hatte, mit Ausweis und Brot und Milch, band die beiden Plastiktüten mit dem gebratenen Fleisch zum Päckchen, schulterte es, nahm dann das Gewehr auseinander, schraubte den Lauf in zwei Hälften und bettete sie in den Rucksack.

Er würde dem Kind viel erklären müssen.

Er reichte ihm die Hand.

Später, sagte er sich.

– Ich glaub nicht, dass Mama es gut findet, wenn wir bei dem Wetter draußen sind, sagte das Kind.

– Sie sieht uns ja nicht.

– Aber was, wenn wir ankommen, und wir sind krank?

– Fühlst du dich krank?

– Nein. Aber Mama hat immer gesagt, dass …

– Kannst du nicht endlich aufhör'n, von deiner Mutter zu sprechen?

– Sie hat immer gesagt, dass …

Lee packte das Kind an der Schulter, schüttelte es, spürte etwas in ihm aufsteigen, was ihm missfiel, er stieß das Kind unsanft weiter, es stolperte über eine Verwehung und fiel in den Schnee. Es sah seinen Vater voller Verachtung an.

– Warum hast du mich geschubst?

– Ich hab dich nicht geschubst.

– Du darfst mich nich' schubsen. Papas machen das nicht. Ich werd' Mama sagen, dass du mich geschubst hast.

– Hier, nimm meine Hand.

– Du musst Entschuldigung sagen. Vorher steh ich nicht auf.

– Du kühlst aus auf dem Schnee. Nun steh schon auf.

– Du musst Entschuldigung sagen.

– Es war keine Absicht. Nimm meine Hand, hier!

– Sag es.

– Wir haben es eilig, verstehst du?

– Nein, versteh ich nicht. Du sollst es sagen.

– Entschuldigung.

Das Kind stand auf, er barg es in seinen Armen, roch an seinem Nacken, richtete ihm die Kapuze, trug es weiter über den toten Acker, nach Osten, wie alle immer tiefer in den Osten drangen, die auf der Suche waren oder etwas vermissten, die etwas, das sie zu viel besaßen, loswerden oder eintauschen wollten, ein gegerbtes Fell, ein gegerbtes Gewissen, da sie im Westen nur auf die Stadt stießen, in der ihnen niemand weiterhalf, in der man sie ins nächste Heim schickte, oder geradewegs in den Knast.

Das Kind sprach nicht mehr.

Es sprach verdammt noch mal nicht mehr.

Lee fragte sich, ob er sich nochmals entschuldigen sollte, doch eine weitere Entschuldigung würde das Kind auch nicht zum Sprechen bringen. Heimlich schielte er ihm ins Gesicht, während sie auf die Tankstelle zuhielten. Es war nicht die geringste Regung zu sehen. Er würde dem Kind ein Überraschungsei kaufen. Mit einem Happy Hippo drin. Das Happy Hippo würde es trösten. Und danach würden sie auf schnellstem Weg aus der Gemarkung verschwinden.

Sie brachen aus dem Forst hinaus und stachen direkt auf die Landstraße, zwei, drei Autos bespritzen sie mit pulvrigem Schneematsch, die Straße war nicht geräumt, sie lag leer und weiß in dem kalten Licht des Nachmittags, in weißen Feldern, unter grauweißem Himmel.

An der Tankstelle kaufte er neue Milch, abgepacktes Brot, Schmierkäsewürfel in Aluminiumfolie und Schokoriegel. An der Werkzeugwand hing neben Scheibenwischern und Antifrostmitteln eine Rettungsdecke, die kaum einen Winter halten würde und zwei Euro neunundneunzig kostete. Er befühlte sie, er wusste, dass sie nichts taugte, er kaufte sie.

– Willst du ein Happy Hippo?, fragte er das Kind.

Es zuckte mit den Schultern.

– Ob du ein Happy Hippo willst?

Die ausbleibende Antwort machte Lee wütend. Er überlegte, zum Trotz den gesamten Ständer voller Überraschungseier auf einmal zu kaufen, oder, besser noch, alle Überraschungseier zu Boden zu werfen, da flüsterte das Kind endlich etwas.

– Was?, rief Lee. Sprich lauter. Ich verstehe dich nicht!

– Ob ich auch zwei Happy Hippos haben kann. Eins für Julian, und eins für mich.

– Kann sein, dass du Julian eine Weile nicht siehst.

– Dann bewahr ich es für ihn auf.

Das Kind griff nach den Überraschungseiern, wiegte und wog sie in seinen kleinen Händen, glaubte herauszuspüren, welches der Eier ein Happy Hippo und welches einen kleinen, nutzlosen Bausatz enthielt, es legte Ei um Ei zurück und griff nach dem benachbarten, bis es zwei zum Kauf bestimmte. Sie gingen zur Kasse.

– Und zwei Plastiktüten, sagte Lee zum Verkäufer.

– Macht zwanzig Cent extra.

– Für eine?

– Für beide. Kundenkarte?

– Nee.

– Treuepunkte?

– Nee.

– Gutschein für ne Wagenwäsche? Basic?

– Haben Sie da draußen vielleicht nen Wagen geseh'n?

– Keine Ahnung. Hab nich' geguckt.

– Einer, der mit nem Wagen gekommen ist, sieht der vielleicht aus wie ich? Bei dem Scheißschnee da draußen?

– Soll ich dir mal was verraten? Ich hab nix geseh'n, weil ich nich' geguckt hab. Verstehste? Es ist mir egal.

– Schon gut. Dann noch ne Packung f6. Classic.

– Gibt nur noch Classic. Kassenbon?

Lee legte seine Einkäufe in eine der Plastiktüten, gab die beiden Happy Hippos in die zweite Tüte, reichte sie dem Kind, stülpte sich die Handschuhe über, dann gingen sie zurück auf die Landstraße.

Draußen war etwas mit dem Schnee geschehen, er war weniger weiß, blendete nicht mehr. Lee suchte den Himmel nach einer schwärenden Wolkenwand ab, aber da war nichts, der Himmel wölbte sich milchig über sie und über die Auen. Je weiter sie nach Osten vordrangen, desto seltener wurden sie noch von einem Wagen überholt. Bald liefen sie nicht mehr in der Gosse, sondern auf dem Mittelstreifen, nach Osten, zur Sydow, weit hinter ihnen im Rücken die Stadt.

– Papa?

– Ja?

– Danke, dass du mir zwei geschenkt hast.

– Willst du deins nicht aufmachen?

– Ich weiß nicht. Lieber mit Julian. Meine Finger sind viel zu kalt.

Die Frau hatte Lee noch zweimal in Marjuschas Wohnung besucht, das dritte Mal hatte er nicht mehr geöffnet. Er sah ihr an, dass sie keine Kinder hatte. Eine alte Frau mit diesem Mund konnte unmöglich eigene Kinder haben. Es war reine Bosheit von ihm gewesen, dass er danach gefragt hatte.

– Das tut nichts zur Sache.

– Ich will doch nur wissen, ob Sie selbst eins haben.

– Habe ich nicht.

– Woher wissen Sie dann, was einem Kind guttut?

– Ein Kind, dem die Mutter fehlt, braucht besonderen Schutz. Sie bringen es nicht in die Tagesstätte.

– Es will nicht ohne mich sein.

– Sie waren nicht bei der Vorsorgeuntersuchung.

– Die Impfung, die Spritze, Sie wissen schon. Aber vielleicht wissen Sie das gar nicht?

– Es soll nächstes Jahr eingeschult werden. Wenn Sie so weitermachen, wird das nicht möglich sein.

– Das ist es? Dass es rechnen lernt? Darum geht es? Dass es endlich rechnen lernen kann?

Das Kind hatte sich untergehakt, und Lee mochte es, wie es ihn am Unterarm umklammerte, wie seine Felljacke an seinem Parka rieb, wie es eine zweite, kleinere Spur neben der seinen in den Schnee setzte, auch wenn die aufgewirbelten Flocken ihre Spuren gleich wieder verwischten, er gab dem Kind Windschatten, er lief im Luv.

Sie hielten die Köpfe gesenkt gegen den Schneefall, der wieder hart eingesetzt hatte und ihnen mit der Kraft von vier oder fünf Windstärken aus süd-östlicher Richtung ins Gesicht geworfen wurde, verharscht schon vor dem nächtlichen Überfrieren, wie ein mehrfacher, spitzer, auf Wangen und Jochbein zielender Nadelwurf.

– Da kommen Flammen aus dem Forst!

– Das sind Trugbilder. Auf deiner Netzhaut.

– Was sind Trugbilder? Was ist meine Netzhaut?

– Womit du siehst.

– Mein Auge?

– So ungefähr. Verdammt, du hast recht.

– Siehst du! Mitten im Forst.

Lee fasste das Kind fester an der Hand, führte es näher am eigenen Körper, doch so kamen sie sich in die Quere, stolperten sich gegenseitig über die Füße, Lee hob sich das Kind auf die Schultern. Er schmeckte nun deutlich den Rauch, der nach lackiertem Holz und verbranntem

Plastik roch, er wies das Kind an, durch seinen Schal zu atmen, das Kind hielt die Luft an, japste dann umso gieriger auf.

– Ich hab's geatmet.

– Ein bisschen macht nichts.

– Und ab wie viel macht's was?

– Ab hundert Atemzügen, ungefähr.

– In Ordnung. Dann zähl ich jetzt.

– Nein, lass.

– Sechs, sieben, neun, zehn, zwölf …

– Kannst du leise zählen?

Lee setzte das Kind wieder ab, da ihm tiefstehende Äste ins Gesicht schnellten, Hand in Hand pirschten sie durchs Unterholz. Am Schützengraben wurde der Qualm dichter, erhellt von einem unnatürlich wirkenden Feuerschein.

Dann endlich hatte Lee freie Sicht.

Das Forsthaus stand bis zum Giebel in Flammen. Die Holzbohlen, die im Erdgeschoss die Fenster und Türen verbarrikadierten, waren zu schwarzen Skeletten verkohlt, Rauchströme drangen aus den Fensteröffnungen und aus allen drei Schornsteinzügen. Vom Dachgeschoss, in dem Lees Mutter die letzten Wochen ihrer gemeinsamen Zeit im Liegen verbracht hatte, in einem Geruch nach Schweiß, Ammoniak und Alkohol, sprangen in der Hitze einer nach dem anderen die Dachziegel ab.

– Was kommt nach neunundzwanzig?

– Gar nichts. Nichts mehr.

– Nach neunundzwanzig ist Schluss?

– Lass gut sein. Ist gut jetzt, verdammt.

Lee hatte auf halber Treppe gehört, wie die Wodkaflasche zu Boden ging, wie die Mutter sich über die Dielung robbte, offenbar an die Beine ihres Mannes geklammert, wie sie wimmerte und immer wieder dasselbe sagte, lass mich hier, wirf mich nicht raus, lass mich nicht allein.

Er schien sie abschütteln zu wollen, ihr Leib schleifte hinter ihm her, dann hatte sein Vater zugetreten. Etwas Hartes knallte auf den

Boden, vermutlich ihr Kopf, danach war es still. Am Abend trank die Mutter so viel, dass der Vater den Notarzt rief.

Du kannst hierbleiben, hatte sein Vater zu Lee gesagt, aber deine Marjuscha zieht hier nicht ein.

Auf dem Vorplatz stand Krystofs Pick-up, der Motor lief, Technomusik dröhnte gegen das Prasseln und Knacken der Flammen an. Krystof selbst verwüstete den Bauwagen, er riss das Fenster heraus, warf die Liege in den Schnee, die rote Schlachtwanne, trug Türblatt und Wanne und Matratze zum Forsthaus hinüber und warf sie in die Flammen.

Das Kind zappelte an Lees Hand, schlug sich vor den Mund, trippelte aufgeregt im Kreis.

– Der macht unsern Wagen kaputt! Wir müssen die Polizei rufen! Es brennt!

– Gar nichts werden wir rufen.

– Aber es brennt.

– Dreh dich um. Es ist nicht wirklich. Es ist nicht gescheh'n.

Als sie endlich den Deich erreichten, wehte der Wind stärker, um Grenzpfosten und Trauerweiden, um die scharfen Grate der Schollen. Die Fahrrinne bildete Schaumkronen auf dem schwarz aufgeworfenen Wasser, mit jeder Böe ging eine Wand aus Flugschnee auf Lee und das Kind nieder, die ihnen die Sicht nahm, in ihre Krägen rieselte, sich auf ihre Wimpern setzte. Lee drehte sich aus dem Wind und steckte sich eine Zigarette an; bis zur Schutzhütte gingen sie noch eine gute Stunde.

– Meinst du, sie haben das Feuer gelöscht, fragte das Kind.

– Natürlich. Du kannst ganz beruhigt sein.

– Es brennt nicht mehr?

– Nein.

– Aber werden wir nicht frieren, wenn wir jetzt draußen schlafen müssen?, fragte das Kind.

– Wir werden nicht draußen schlafen.

– Dann sind wir am Abend schon da?

– Nein. Aber wir werden nicht unter freiem Himmel schlafen.

– Ich hab nämlich Angst, wegen den Rehen.

– Wegen der Rehe? Die haben Angst vor dir.

– Aber ich tu ihnen nichts.
– Schon. Aber das wissen die Rehe nicht.
– Und du? Tust du ihnen auch nichts?
– Warum fragst du?
– Ich weiß es einfach nicht mehr.

Aus der Schutzhütte drang nervöses Gelächter. Lee bettete das Kind, das ihm auf dem Arm eingeschlafen war, in den Schnee, stellte den Rucksack mit dem Gewehr ab und linste in die Hütte. Auf dem gezimmerten Boden lag ein sehr junges Paar, noch in Kleidern, sie vielleicht zwölf, er vielleicht vierzehn, sie lag auf dem Bauch, er kniete auf ihrem Gesäß.

Lee kannte das Mädchen. Krystofs Schwester.

Er ging in die Hütte, packte den Jungen am Kragen, zerrte ihn von dem Mädchen, der Junge rannte panisch in den Schnee hinaus.

– Steh auf, sagte er zu Krystofs Schwester.

– Seid ihr jetzt alle verrückt geworden?

– Steh auf.

– Erst Krystof? Dann du?

– Es ist nicht seine Marjuscha. Nie gewesen. Er hat kein' Grund, sich so aufzuführen.

– Weißte was? Das glaub ich dir sogar. Siehst aus, als wärste einer, dem man glauben kann. Aber wahrscheinlich biste auch nur verrückt.

In dem Moment schlich wie eine verschlafene Erscheinung das Kind von draußen in die Schutzhütte. Es schmiegte sich an Lees Beine und beobachtete das Mädchen, das endlich vom Boden aufstand.

– Wegen dem Wurm da ist er durchgedreht? Verrückt. Total verrückt, alle.

– Ich rat dir mal was. Hau endlich ab.

– Das mit dem Kind hat ihm den Rest gegeben. Er hat Karlsson gesagt, dass du's entführt hast.

– Er hat was?

– Gesagt, dass es nicht deins ist. Dass du nach deinem Vater kommst, im Kopf. Weißt du, was sie gefunden haben, oben, inner Kammer? Krähenfüße. Kranichschädel. Alles noch in den Regalen. Dein Vater war'n Psycho, sieh's endlich ein. Er hat's mit Ziegen gemacht.

Das Mädchen lächelte das Kind an und stolperte in den Schnee hinaus, ihr Freund hatte nicht auf sie gewartet. Wahrscheinlich war er ebenso debil wie sie. Jeder im Forst wusste, dass sie morgens bis in die Stadt gefahren werden musste, weil sie zur Förderschule ging.

In der Schutzhütte roch es nach alten, geteerten Bahnschwellen; unter die Fensteröffnung war eine Wolfsfamilie gezeichnet, strichgenau und gekonnt, links die Fähe, in der Mitte drei Welpen, rechts der Rüde, doch die Zeichnung wirkte alt. Lees Handy vibrierte. Er nahm es mit klammen Fingern aus der Hosentasche, rief nicht zurück, sondern eine Nachrichtenseite auf, die Verbindung stand schnell.

Keine Vergabe des Friedensnobelpreises.

Steigende Steuereinnahmen von Bund, Ländern und Kommunen.

Der Wetterdienst Ost kündigte inzwischen einen deutlichen Temperaturanstieg an.

Lee nahm die beiden Plastiktüten mit den Rehkoteletts aus seinem Rucksack. Das Fleisch war verdorben, schimmerte blau. Lee fühlte sich, als habe er sich an der Ehre der Ricke vergangen. Lenden, Kamm und Rücken hatte er in der Eile im Waldboden zurückgelassen. Die Rehkoteletts hatte er verkohlt, und nun waren sie vor der Zeit verdorben. Nichts von dem Tier hatte er genutzt.

Junge, flüsterte ihm sein Vater ins Ohr, versündige dich nicht. Lee stülpte das Fleisch aus den Tüten und legte es durch die geöffneten Läden auf dem Fenstersims aus, um es den Vögel anzubieten. Dann schloss er die Läden und sah nach dem Kind.

– Alles in Ordnung?

– Was hat das Mädchen gesagt?, fragte das Kind.

– Vergiss es. Sie ist nicht richtig im Kopf.

– Aber was riecht hier so komisch?

– Teer.

– Mit toten Rehen drin?

– Nein, damit das Holz nicht verfault.

– Aber du hast gesagt, sie machen aus den Rehen Teer.

– Ich meinte den Straßenbelag.

– Dann ist kein totes Reh hier drin?
– Nicht mal eine tote Laus.

Alles unter Befall, hier.

Das war der Lieblingsausdruck seines Vaters gewesen. Wenn der Sydower Deich geteert wurde, wenn Kohlegeruch zu ihnen auf die Waldlichtung wehte, wenn die Traktoren mit weitarmigen Düsen die Felder gelb spritzten, wenn am Himmel die Kondensstreifen länger stehen blieben als üblich, wenn er im Frühjahr ein Kräuterbeet anlegte und auf eine verrostete Sprühdose stieß, die mit einem schwarzen Kreuz auf orangefarbenem Grund bedruckt war, wenn ihm nach einem Schuss der Pulverdampf in die Nase kroch, wenn der neue Sendemast dann doch gebaut wurde, die Tierkörperbeseitigungsanstalt ins Feststellungsverfahren fand, wenn Krystof mit seinem Pick-up-Truck durch den Forst pflügte, wenn Phosphate in der Biermarke nachgewiesen wurden, die er am liebsten trank, wenn keine Bienen seinen neuen Kräutergarten anflogen, wenn Wachter mit Flüssiganzünder angrillte und den Verpackungsmüll seiner Fertiggerichte hinterm Bungalow in der Feuerschale verbrannte, wenn das Tiefkühlfilet in einer Aluminiumschale steckte, die Aluminiumschale in einer Folie, die Folie in einem Karton, wenn er einen Wels mit mickriger Schwanzflosse sichtete, ein Igeljunges, das sich nicht einigelte, eine Ricke, die ihr Kitz im Winter zur Welt brachte, mit blauem Schlund.

Alles unter Befall, hier, sagte er dann. Als ob das nicht alles unter Befall wäre.

Und da willst du auch noch ein Kind?

Im ersten Morgengrauen weckten Lee die Schläge des Technobasses, der satt und ohne Echo zwischen den Kiefern stand.

Rufe. Autotüren. Hundegebell.

So schnell hatte Lee ihn nicht erwartet.

Er sprang in den Stand, streifte dem Kind den kleinen Fellparka über, das Kind nuschelte im Schlaf, kuschelte sich dann auf Lees Arm. In seinen Händen hielt es je ein Überraschungsei. Lee versuchte, die

Finger zu lösen, die Eier an sich zu nehmen, doch die Hände blieben zu Fäusten geschlossen.

– Wohin geh'n wir?, murmelte das Kind.

– Zum Bahndamm. Nach Osten.

– Ich will selbst geh'n.

– Wir haben keine Zeit.

– Warum?

Das Kind wand sich auf seinem Arm, eines der Überraschungseier fiel zu Boden, das Kind schrie und zappelte, bückte sich von seiner Schulter herab nach dem Ei, die Bewegung fuhr Lee in den Rücken.

– Lass mich runter. Du sollst mich runterlassen!

– Hörst du den Hund?

– Ich bin ja nich' taub.

– Wir müssen zum Bahndamm.

– Weiß ich schon. Hast du grad schon gesagt.

Verärgert setzte er das Kind vor sich ab, stieß die Tür der Schutzhütte auf. Einige hundert Meter weiter westlich standen Karlssons Streifenwagen und Krystofs Pick-up, eben dort, wo der Waldweg endete. Im Nebel waren nur Scheinwerfer und Blaulicht zu sehen.

Trapezförmige Lichtschatten huschten durch den Wald, Lee hielt das Kind harsch an der Hand, zog es stolpernd hinter sich her.

– Papa, warte!

– Mach schneller, los.

– Ich kann nicht schneller.

– Dann komm auf meinen Arm.

– Ich will selbst geh'n.

Noch hatte der Hund ihre Spur nicht aufgenommen, doch es war nur eine Frage der Zeit, bis er den Angstschweiß zu riechen bekäme. Das Kind stellte das Gehen nun ganz ein, Lee zog es hinter sich her. Die Beine des Kindes verhedderten sich in dem kargen Bodenbewuchs, den dürren Zweigen, die aus der Schneedecke ragten, mehrmals verlor es seinen Stiefel. Lee nahm es wieder auf den Arm, ließ sich schlagen, lief weiter durch die Nacht.

Das Kind war von Sinnen, riss Lee an den Haaren, trat ihm in den Bauch. Es schrie nicht, es winselte, die Wangen nass von Tränen. Lee hielt es nur noch unter dem rechten Arm, holte mit der freien Hand das Handy aus seiner Hosentasche. Noch bevor er sich orientieren konnte, erlosch das Displaylicht. Von der Sydow zog Nebel herüber, bettete sich zwischen die Stämme der Kiefern, stieg langsam zu ihren Kronen auf.

Das Bellen des Hundes verklang. Das Kind beruhigte sich. Sie erreichten den Waldrand; ein ausgeschlachtetes Auto stand dort wie ein Kunstwerk, aus seiner Batterie lief nachtschwarze Säure aus. Sie gingen weiter. Die Auen dampften.

– Was ist das?, fragte das Kind. Was rattert da so?

– Das sind nur die Helikopter.

Lee blickte zum Himmel auf. Keine Helikopter. Im Osten hob sich der Bahndamm aus dem Nebel. Ein langer Zugverband ratterte über den Damm. Eine nicht endende Abfolge von doppelstöckigen Autozugwaggons, die allesamt das gleiche Modell transportierten, einen silbrigen Kombi. Die Autos erschienen im Osten, tauchten im Westen ab in den dunklen Forst. Weiter entfernt waren Gleisarbeiten im Gange, oder die Schienen waren aus der Spur geraten, hart quietschte Metall auf Metall.

– Warum sagst du, es sind Helikopter, wenn es ein Zug ist?, fragte das Kind.

– Ich hab mich eben geirrt.

– Ich mag nich', wenn du dich irrst.

– Vergiss es einfach.

– Versprichst du mir, dass du dich nich' mehr irrst?

– Vergiss es, hörst du?

– Sind wir bald da?

– Nein, sind wir nicht.

Den Rest der Nacht verbrachten Lee und das Kind in einem alten Verladeturm neben dem Bahndamm. Die ganze Zeit ratterten Verbände fabrikneuer Kombis an ihnen vorbei, die Luft war gesättigt vom Dieselruß der Zugmaschine. Lee klaubte Totholz zusammen, entfachte ein schnelles Feuer unter der Verladerampe. Er nahm den Proviant von der Tankstelle aus dem Rucksack, richtete dem Kind Brot und

Schmierkäsewürfel und einen Schokoriegel, gab ihm kalte Milch zu trinken, während am Osthimmel mit erster Kraft die Sonne aufging.

– Frierst du?

– Ich halt's schon aus.

Sie aßen. Sie tranken. Sie sahen in die Flammen. Dann legte das Kind seinen Kopf auf Lees Schoß, er deckte es zu.

– Entschuldigung, sagte das Kind.

– Du warst müde. Wir hatten es eilig. Du musst dich nicht entschuldigen.

– Das mein ich nicht. Ich mein davor. Als du mich in den Schnee geschubst hast.

– Ich hab dich nicht in den Schnee geschubst.

– Als ich von Mama geredet hab. Weißt du, ich bin gar nicht in den Schnee gefallen. Ich hab mich fallen lassen. Damit du einen Schreck kriegst.

– Du wolltest, dass ich einen Schreck krieg?

– Es tut mir leid. Ich weiß ja, dass Mama dir fehlt.

– Wir werden sie finden.

– Ich weiß.

Lees eigene Mutter lebte. Lee musste sich das in Erinnerung bringen, sie war nicht tot.

Bei seinem letzten Besuch hatte das Foyer nach chemischer Reinigungslösung gerochen, die der Heimleiter als Karibikduft bezeichnete, Lee hatten nach wenigen Sekunden die Augen getränt.

– Hallo, Lee.

Für diese Begrüßung hatte sie ungefähr eine halbe Minute benötigt. Lee hatte sich nicht vorstellen können, wie viel Zeit man für drei Silben aufwenden konnte.

– Und sonst?, fragte Lee die Betreuerin.

– Nichts.

– Kommt niemand mehr?

– Niemand.

– Nicht mal ein paar ihrer alten Schüler?

– Es tut mir leid.

Das Kind schlief noch einmal auf seinem Schoß ein, vor ihm das Feuer, hinter ihm sein Vater, und Lee senkte die Nase in den Nacken des Kindes, schnupperte hinter den kleinen Ohren, unter dem Ansatz der Mütze, unter der Kapuze, fuhr mit der Nasenspitze die glatte Haut entlang, über die rosigen Wangen, über den Milchbart auf der Oberlippe; er drückte es an sich, bis dem Kind mit einem schläfernen Seufzer die Atemluft entwich.

Lees Vater hatte nicht recht behalten. Es war eine Zeit für Kinder. Es war ein Land für Kinder. Lee ahnte, dass er ohne das Kind nicht mehr am Leben wäre. Auf seinem Schoß war es in Tiefschlaf gesunken, die Pausen zwischen dem Luftholen schienen ihm lang.

Er beugte sich zu dem Kind hinab. Die kleinen Seufzer konnten unmöglich genügen, die Lungen mit Sauerstoff zu versorgen. Das Kind atmete entschieden zu langsam. Entschieden zu wenig. Lee setzte seine Lippen auf die des Kindes und blies dem Kind in den Mund. Er sog den leicht sauren Milchatem ein. Und beatmete es dann wieder. Und wenn das Kind ausatmete, atmete er ein, und wenn es einatmete, atmete er aus.

– Atme, sagte er, während er Luft holte. Dass du mir niemals aufhörst zu atmen, Kind.

Dann öffnete er dem Kind den Mund und besah die kleine Zunge. Sie war feucht und pelzig.

Aber nicht blau.

Da er nicht wusste, was das war, Liebe, oder wie man das gar machte, hatte er sie an ihrem ersten Abend viel zu fest an sich gedrückt; er drückte, bis sie keine Luft mehr bekam, bis es ihr wehtat, dann drückte er noch ein klein wenig fester, bis sie aufschrie, vor Schmerz.

– Lass das, sagte sie, sobald sie wieder die Luft dazu hatte. So geht das nicht!

Am nächsten Tag hatte sie wieder ein Kanu mit ihm geteilt; und auch, wie das mit der Liebe ging, hatte sie ihm noch beigebracht. In den Sommertagen, die auf das Kanu-Camp folgten, trafen sie sich auf halber Strecke zwischen Lunewin und dem Forst, in einer verlassenen Gemarkung namens Sydowswiese, in der Hoffnung, Krystofs Blicken hier zu entkommen; sie breiteten ihre Handtücher an den Ufern kleiner, feucht riechender Binnendeltas aus, inmitten von Kriebelmücken, die sie ständig ins Wasser trieben. Sie gingen nackt schwimmen in diesen Binnendeltas, in den fächernden Lichtschatten der im Uferschlick dümpelnden, von Bibern gefällten Tothölzer, und auf Dauer war es nicht möglich gewesen, sich dabei nicht zu vereinen.

Doch selbst hier, am Ende der bewohnten Welt, hatte Krystof ihnen manchmal mit dem Fernglas nachgestellt.

In der Nacht schürte Lee das Feuer an der Verladerampe, wobei er sich nicht mehr als zehn Schritte von dem schlafenden Kind entfernte. Mit etwas Glück würden sie Zeetz in wenigen Wochen erreichen. Er war sich sicher, dass sein Vater der Sydower Bahn nach Osten gefolgt war. Bevor er an der Sydow zum Revierförster ernannt worden war, hatte er im Luch eine alte Schnitterkaserne bewohnt. Allein sein. Unbeobachtet bleiben. Inmitten seiner geliebten Tiere. Das hatte sich sein Vater immer gewünscht. Wenn er ins Luch aufgebrochen war, hatte sein Vater zuvor Groß Zeetz passiert, Grenzstadt und letzte Möglichkeit, sich mit Konserven und Munition zu versorgen. Von Zeetz aus war die Tiermehlfabrik ohne Fernglas zu sehen, auf der anderen Seite der Sydow, mit Zeetz nicht mehr verbunden, da die Brücke nach dem Krieg nicht wieder aufgebaut worden war. Hinter Zeetz folgten nur noch Weiler, Aussiedlerhöfe und Loosen. Das Sydower Luch. Sie würden es erreichen. Die Binnenauen würden aufgetaut sein. Sie würden wieder angeln können. Lee bereute, dass er den Fischtöter aus dem Keller nicht mitgenommen hatte.

Das Wichtigste ist, dass du den Fisch sofort betäubst, hatte Lees Vater gesagt. Noch bevor du den Haken rausnimmst. Sieh zu, dass der Fisch nicht unnötig leidet. So! Siehst du? Und jetzt mit dem Messer den Herzstich, kehlständig. Sieh genau hin!

Einmal hatte sein Vater beobachtet, wie Lee einen halbtoten Wels auf dem Felsplateau nach Luft schnappen ließ. Nicht absichtlich, der Fisch war ihm aus dem Eimer entwischt, und auf der Leine hatte Lee bereits neuen Zug. Der Vater hatte sich rücklings angenähert und sein zur Kordel gedrilltes Hemd wie einen Knebel in Lees Mund gedrückt.

Lee hatte gewürgt und zehn oder zwanzig lange Sekunden nicht zu atmen vermocht.

So ist das, hatte sein Vater gesagt, so ist das, wenn man keine Luft bekommt.

Der Wels, den er rächen wollte, war derweil vom Felsen zurück in den Fluss entwischt.

Lee wollte das Kind auf andere Weise im Angeln unterrichten, als es sein eigener Vater getan hatte. Er wollte keinen Knebel verwenden. Er wollte Nachsicht üben. Er wollte Geduld aufbringen. Doch da war etwas in ihm. Er hatte das Kind geschüttelt. Er hatte es in den Schnee gestoßen.

Einmal, nach dem Fischen, nach dem Zerlegen der Welse, hatten sein Vater und er gemeinsam am Deich gesessen, Bier aus Dosen getrunken und den Ziegen zugesehen. Manchmal verweigerte sich eine der Zicken, dann senkte der Bock die Hörner und krachte wütend gegen die toten Weiden; der Vater hatte den abgewiesenen Bock stets angefeuert.

Du kannst hierbleiben, aber deine Marjuscha, die zieht hier nicht ein –

Lee horchte auf, aber da war nichts außer der Nacht, in der die Stille Teil seines Körpers wurde, ein Teil, das versehrt war oder geringfügig verwundet und unter leichtester Belastung nachzubluten begann. Der Schnee fiel aus der Tiefe des dunklen Raums und bedeckte den Wald und die Wunden, und Lee mochte es, draußen zu sein, in dieser Nacht, die zum Morgen wurde, nicht mehr kräftig, noch schwarz. Das Feuer war heruntergebrannt, die Glut aber strahlte Hitze aus. Er wärmte Milch für das Kind auf. Dann weckte er es.

– Hast du gut geschlafen?

– Nicht eine Minute. Mir war zu kalt.

Das Kind gähnte, drückte seine kleine Wange an Lees Hals.

– Du kratzt schon wieder so.

– Komm näher, sagte Lee. Dann kratzt es nicht mehr.

– So nah?

– Näher. Bis nichts mehr zwischen uns passt.

– So?

Das Kind biss ihm zum Spaß in den Hals, es tat nicht weh, es fühlte sich eher an, als würde ein kleiner Fisch an Lees Hals knabbern, das Kind schielte zu ihm hoch und lachte, sah den Ausdruck in Lees Augen, hörte sofort wieder auf.

– War das zu fest?

– Nein, ist gut.

– Was ist?

– Nichts. Nichts ist. Trink deine Milch.

– Papa?

– Nun trink schon.

– Stimmt es, dass man gar nich' wegrennen muss, wenn man nichts getan hat?

– Hat Mama das gesagt?

– Stimmt es? Selbst wenn die Polizei kommt?

– Nein, das stimmt nicht.

– Dann muss man immer wegrennen, wenn die Polizei kommt?

– Nein. Aber sie kann sich schon mal irren.

– Dann lässt sie den Dieb einfach laufen?

– So ungefähr.

An diesem Morgen strich erstmals wieder Westwind über die Auen, die Temperaturen machten einen Sprung nach oben; der Schnee hielt sich gleichmütig, auch der Fluss steckte in weiten Teilen in seinem Eispanzer fest, doch das Wasser in der Fahrrinne sprudelte heftiger, und von der rostigen Rinne über dem Verladeturm tropfte es auf die Rampe herab.

Lee packte die Vorräte aus der Tankstelle in den Rucksack, Folienwurst und Milch, Schmierkäsewürfel und Brot, fühlte die Glieder des Kindes, die Hände, die Füße, spürte Wärme unter den Kleidern, neben der Feuerstelle, wickelte das Kind in seinen Schal. Von der Verladerampe ging eine kleine Taulawine ab, stürzte mit leisem Bersten in den Schnee. Dann brachen sie auf, sie folgten der Sydow nach Osten.

Gegen Mittag stieg das Kind den Deich hinab, kniete sich ins Kiesbett, beugte den kleinen Oberkörper vor, über das flache, müde unter dem Eis ans Ufer schwappende Flusswasser, und trank.

– Komm zurück, sagte Lee.

– Ich hab aber Durst.

– Du kannst das nicht einfach trinken.

– Warum nicht? Es ist ganz normal, dass man trinkt, wenn man Durst hat. Alle machen das so.

– Hast du's getrunken?

Lee griff dem Kind zwischen die Lippen, öffnete den kleinen Kiefer.

– Spuck es aus.

– Du tust mir weh. Hör auf damit!

– Spuck es aus.

– Ist ja gut. Ich hab nichts getrunken.

– Wird alles besser, wenn wir bei Opa sind.

– So lang trinken wir nichts?

– Natürlich. Aber nicht aus der Sydow.

– Siehst du hier vielleicht nen Wasserhahn?

– Auf der andern Seite vom Deich ist das Wasser in Ordnung.

– Das muss ich nich' wieder ausspucken?

– Nein, das darfst du trinken. Aber besser, du trinkst einfach Milch.

Oben, auf der geteerten Deichkrone, war der Schnee bereits geschmolzen, der Teer wies Reifenspuren auf; von hier bis Ostende patrouillierte der Bundesgrenzschutz. Glänzend lag das Asphaltband im Mittagslicht, die Sonne blendete über dem Strom, der immer lauter brauste und sprudelte, die Fahrrinne bereits auf zehn oder fünfzehn Meter geweitet.

Lee gab dem Kind Milch zu trinken, sie sprachen nicht miteinander, er mahnte es wortlos zur Eile. Sie gingen durch einen Raum, der nicht begrenzt war, nicht durch Wälder und nicht durch die Zeit, allein die Kilometersteine verorteten ihr Gehen im Raum, siebenhundertelf, siebenhundertzehn, siebenhundertneun Kilometer bis Ostende, mehr als dreihundert noch bis ins Luch.

Einige ungezählte Kilometer später hoben sich die Scheinwerfer eines Streifenwagens aus dem Nebel, der Wagen hielt direkt auf sie zu.

Lee blieb stehen. Das Kind fasste nach seiner Hand. Er nahm es hoch, stieg mit ihm vom Deich, folgte den immer schmaleren Trittpfaden des Wilds, verlor sich mit dem Kind in den Auen.

II.

DIE SYDOW hatte nichts von dem klaren Strom vergangener Jahre, seit sie sich von ihrem Panzer aus Eis befreit hatte, im Schilf verfangene Plastiktüten, Bierdosen, die in den seitlichen Buchten im Stehgewässer wippten, ein, zwei Meter vom Ufer entfernt; wo das Wasser zu fließen begann, trieben rosa Plastiksandalen vorüber, eine armlose Kinderpuppe mit herausgerissenem Auge und immer wieder ein fest in Foliensäcke gewickeltes Bündel, das um die eigene Achse rotierte, schwärzlich verschlissen, die Enden verknotet, die Bündel näherten sich von Lunewin, trieben stromabwärts, nach Groß Zeetz, und hin und wieder stieg eine Faulgasblase aus dem schlickigen Wasser, dehnte den Algenflor und brachte ihn mit einem deutlich vernehmbaren Ploppen zum Platzen, Lee wandte sich ab.

Das Wasserballett der abgetriebenen Säuglinge – so hatte sein Vater den Tanz der in Folie gewickelten Bündel genannt, die damals im Kehrwasser der Sydow zu dümpeln begannen, hineingeworfen von zu früh angefickten Mädchen, hatte sein Vater gesagt, wenn ihm das dritte Bier einen wässrigen Glanz in die Augen gespült hatte, halb Trauer, halb Zorn, auch wenn es wieder kein Säugling war, der an ihm vorbeitrieb, sondern der obergärig aufgedunsene Kadaver eines verendeten Rehs.

Lee und das Kind wichen immer öfter auf die geheimnisvollen Pfade des Wilds aus, sie gingen darauf wie durch Tunnel, die nach oben hin geöffnet waren, seitlich aber von Schilfkolben und Ried begrenzt, inmitten der Nistplätze von Uferschnepfen und Bekassinen, die aufflogen, zwei oder drei Sekunden, bevor Lee und das Kind die mit Schachtelhalm und Kronblaustern ausgekleideten Nester erreichten.

– Nimm mich hoch!

– Kannst du nicht ein paar Meter alleine geh'n?

– Nein, kann ich nicht.

– Weil du noch ein so kleines Baby bist?

– Nein. Weil das Schilf so kratzt.

Das Kind senkte den Kopf. Tränen rannen ihm die Wangen herab und tropften von seinem kleinen Kinn. Es heulte tonlos. Es heulte viel in letzter Zeit.

Lee kratzte sich einen Mückenstich am Bauchnabel auf. An der Einstichstelle spürte er einen winzigen Körper, der sich unter seiner Fingerkuppe hin- und herschieben ließ. Lee zog sein T-Shirt nach oben und sah nach. In seinem Bauchnabel saß eine Zecke fest. Sie hatte sich bereits vollgesogen mit Blut, füllte einen großen Teil des Nabels.

Lee zog die Zecke aus seiner Haut, der Zeckenkörper platzte auf. Der kleine Kopf aber steckte fest. Lee versuchte, ihn mit seinen Fingernägeln herauszudrehen, doch er kniff sich nur eine immer tiefere Wunde in die Haut. Die Einstichstelle juckte. Die schwarzen, verbliebenen Beißwerkzeuge, der Restkopf steckten in seinem Nabel wie ein Mal.

– Was ist?, fragte das Kind.

– Nichts ist. Gar nichts ist. Wir geh'n weiter, das ist.

Am Sydower Polder wich der Deich ins Hinterland, näherte sich dem Bahndamm bis auf wenige hundert Meter. Sie wechselten auf den Damm der Sydower Bahn. Sobald sie auf dem Gleis gingen, wischte sich das Kind die Tränen von den Wangen und kramte die beiden Überraschungseier aus seiner Jackentasche hervor. Sie hatten Dellen bekommen, die Aluminiumfolie hatte sich an manchen Stellen von der Schokolade gelöst.

– Wär schön, alles wär wie früher, sagte das Kind.

– Was meinst du?

– Na, wie früher, eben.

– Als es die Fabrik noch nicht gab?

– Nein, wie früher, als ich vier war.

– Weil wir da noch bei Mama war'n?

– Nein, weil Julian da noch nicht so alt war und mich noch nicht ausgelacht hat, weil er schon fast sechs ist.

– Wenn du sechs wirst, werden wir es feiern. Das versprech ich dir.

– Kann ich Julian einladen?

– Nein.

– Warum nicht?

– Ich habe Nein gesagt.

– Warum kann ich Julian nich' einladen?

– Tust du mir einen Gefallen? Kannst du mir ein einziges Mal einen Gefallen tun? Ja? Dann verschon mich damit.

Von Norden näherte sich ein Traktor, der mit weit ausgeklappten Sprinklern den viel zu trockenen Raps mit Wasser bespritzte und das Hinterland binnen Minuten mit einem leichten, weißen Nebel überzog, der fein zerstäubt über den Pflanzen hing, im Gegenlicht der Sonne funkelte und langsam, der Wind stand aus Nordwest, zu ihnen auf den Bahndamm herüberzuwehen begann.

Wasser. Nur Wasser.

Sonst nichts.

Seit fünf Tagen folgten sie nun den Schienen der Sydower Bahn. In einer anderen Zeit waren hier Güterzüge gefahren, von der Sydow ins Luch, bis nach Zeetz, und vor dem Krieg, als die Brücke noch stand, sogar über die Sydow bis nach Lunewin. Zwischen dem Bahndamm und der Sydow lagen die Auen, von Böen gerippte Binnenseen, in denen sich gebrochene Wolken spiegelten, Trauerweiden, weit über die Ufer hängend, Schilfreiher, staksend, Basstölpel, keckernd, das Hinterland dagegen, auf der anderen Seite des Damms, war eine einzige, geschlossene gelbe Fläche aus trockenem, blühendem Raps.

Die Sonne stand grell am Mittagshimmel; Lee ging mit halb geschlossenen Lidern, das Kind auf dem Arm, während ihn auf der Netzhaut die Schemen immer düsterer Figuren narrten, Wolfsmenschen und Sensenmänner, nicht schwarz, sondern grellgelb und rotorange, bunt wie zum Spott. Er mochte es nicht, in die Sonne zu laufen, es würde ihm noch die Netzhaut verbrennen. Das grelle Licht. Das ständige Zusammenkneifen der Lider. Erst nach Mittag würden die Kopfschmerzen nachlassen. Er setzte das schlafende Kind ab, brach aus einer Weide einen gekrümmten Tragestock, hatte bald blutige Finger von der Rinde, dem Astloch, dem hölzernen Dorn.

Beerenranken krallten sich in den Stoff seiner Hose, er machte sich nicht die Mühe, die Dornen auszuhaken, er lief weiter, bis Strunk oder Stoff schließlich rissen. Die Luft roch schwer, ölig und nach Schotter, gelbliche Falter stoben aus den Berberitzen, nutzten den warmen Aufwind über dem Damm, ließen sich ein, zwei Meter in die Höhe tragen, fielen seitlich wieder ins Gras, in Vogelmiere, Giersch und Gundermann.

Unter einem morschgelegenen Birkenstamm hatte sich einer der Pfuhle zu einer größeren Lake gestaut, ein Straußenkadaver trieb an ihrem seichteren, schillernden Ende, der kleine Schädel lag auf dem Sand auf, während sich die dürren Beine in einem Schweif Algen verfangen hatten, Stare saßen und pickten auf den mageren Schenkeln. Lee setzte das Kind ab, das er seit Stunden auf dem Weidenstock vor dem Bauch trug, er klatschte in die Hände, die Stare stoben vom Kadaver auf.

Ein Kieselstein klackte hinter ihm auf dem Damm, Lee drehte sich um. Im nachdunkelnden Blenden der Sonne sah er die Silhouette eines Jungen, der im Gleis ging. Der Junge hielt eine Angel, er blieb stehen, sowie auch Lee stehen geblieben war, hundert, vielleicht zweihundert Meter weiter südwestlich. Lee ließ das Kind abermals zu Boden, setzte es auf den von der Sonne erhitzten Schotter, ging einige Meter nach Westen zurück. Auch der Junge ging auf ihn zu. Als sie in Sprechweite waren, blieben sie wieder stehen.

– Ham Sie gehört?, sagte der Junge. Is' wieder was raus.

– Was raus?

– So'n Zeug eben. Was weiß ich.

– Sollte sie nich' längst geschlossen werden?

– Die Fabrik? Sie ham se sogar vergrößert.

– Und woher willste das wissen?

– Ich hab ne Schleie geangelt, die hatte zwei Därme. Schlitz ich sie auf, hol ich den Darm raus, is' da noch einer drin.

Der Junge verstummte, ordnete die Schnur seiner Angel. Das Kind war über den Schotter zu Lee herangeschlichen und umklammerte nun seine Schienbeine. Er schützte es unter seiner ausgebreiteten Hand. Das Kind und der Junge beäugten sich, erkannten einander, sahen aber auch die Jahre, die sie trennten. Sie gingen weiter, der Junge folgte ihnen mit einigen Metern Abstand wie ein verspäteter Schatten.

Sein Vater hatte Lee davon erzählt, bis ihm die Pflanzen und Tiere im Schlaf erschienen waren wie zoologische Raritäten aus dem Seekabinett. Fluoreszierende Köcherfliegenlarven. Atrophierte Mollusken. Verzögerte Laichreife bei der Maräne. Verbuttung der Karauschen. Sich nicht mehr verpuppende Larven der Zuckmücke. Die Brut vernachlässigende Koppen. Spröde werdender Laichhaken bei Milchnern der Salmoniden. Aale mit im Alter abnehmenden Verdichtungszonen. Modrig sprießende Igelkolben und Seggen. Und nun eine Schleie mit zwei Därmen. Was, wenn sein Vater gar nicht verrückt war?

An der nächsten Binnenaue, die kurz vor Zeetz ins Hinterland ragte, stieg der Junge mit seiner Angel vom Bahndamm; Lee und das Kind folgten dem Gleis Richtung Osten.

Das Kitz nieste. Feine Tröpfchen sprengten durch die Luft. Niemals zuvor hatte Lee ein niesendes Kitz gesehen. Er strich sich Speichel von den Händen, der ihn gar nicht erreicht haben konnte, starrte dem Kitz in die braunen Augen, rang den Blick des Kitzes nieder, stampfte mit den Stiefeln auf; er wollte es nicht mehr sehen.

Das Kitz, dessen Mutter er in der Sydow erschossen hatte. Das aus seiner Hand gefressen hatte, vor dem Bauwagen am Forsthaus. Vielleicht auch eines seiner vielen, wilden Geschwister. Er hatte es am Grenzpfosten der Gemarkung gesehen, auf der Flucht vor Krystof, entlang des Damms, es schien an allen Orten gleichzeitig zu sein. Unmöglich, dass es sich um immer dasselbe Tier handelte. Lee scheuchte es auf, riss die Arme in die Höhe.

– Warum erschreckst du das kleine Reh?, fragte das Kind.

Es weinte nun schon, ohne den Kopf zu senken. Trottete weiter neben Lee her, auf dem Bahnhofsweg, der leer und sandig vom ehemaligen Bahnsteig in den Zeetzer Ortskern führte; das Kind ließ die Tränen laufen, wischte sie sich nicht aus dem Gesicht. Lee hielt nicht viel von den ganzen Tränen. Er schüttelte das Kind leicht an der Schulter, der dünne Körper war kaum unter seiner Handfläche zu spüren.

Das Kitz hatte sich nicht verscheuchen lassen. Aufreizend langsam, mit beinahe kokettem Aufwerfen des Kopfes über die rechte Schulter hatte es hinter sich geblickt. Nochmals geniest. Die Zähne gebleckt. Die blaue Zunge gezeigt.

Lee reagierte auf das Kitz, sein Puls schlug an, trieb ihm das Blut in den Kopf. Das Kitz folgte ihm, führte ihn, es beherrschte ihn, mit seiner glatten Flanke, dem silbernen Flaum des kurzen, vom Winterfell befreiten Kleids, dessen Deckhaar im Gegenlicht schillerte, auch jetzt, vor dem gelben Ortsschild von Groß Zeetz, das sie von Westen erreichten. Sie gingen nun mittig auf der verlassenen Dorfstraße, die nicht gepflastert war, das Kitz kaum hundert Fuß vor ihnen.

Ob Lee wollte oder nicht, sein Blick fiel doch immer wieder auf den Spalt zwischen den Hinterbacken, die weiblich anmutende Form des Gangs. Er nahm an, dass das normal war, in seinem Alter. Wann hatte er das letzte Mal mit Marjuscha geschlafen? Er erinnerte sich nicht, wie sie es getan hatten. Wie er es liebte? Wie sie es mochte? Er hatte nicht gewusst, dass es das letzte Mal sein würde. Er wandte den Blick von dem Kitz ab. Er legte dem Kind, das neben ihm weinte, die Hand in den Nacken.

Längst hatte er die Nummer der Frau gesperrt. Ein Kind zu haben, Vater zu sein, das wog schwerer als ihre Gesetze. Längst hatte er Verdacht geschöpft, dass sie ihm das Kind nicht wieder heil-, sondern weiter kaputtmachen wollten. Ja, es war immer mehr kaputtgegangen, in der Stadt. Er empfand es als würdelos, sein Kind auf einem Fuß rückwärts im Kreis hüpfen zu lassen, das Kind war kein Zirkuspferd. Was war das für ein Mann, zu dem das Kind artig sein und dem es dennoch die Zunge herausstrecken sollte? Der ihm Gutes wollte und es doch mit der Nadel stach?

Der Arzt hatte einmal mehr eine Vorsorgeuntersuchung verlangt; wer nicht daran teilnahm, wurde geächtet. Lee hatte einen Vorteil darin erkannt. Ließe er das Kind nicht untersuchen, verlöre es seinen Platz in der Tagesverwahrstätte. Das Übel der Tagesverwahrstätte bliebe dem Kind so erspart. Doch Marjuscha hatte auf der Untersuchung bestanden. Das Kind, kaum geboren, wurde zum Patienten gemacht.

Für ihn als Vater verlief die Zeit in anderen Größen, sein Raum maß andere Weiten, es war allein das Metrum der Weite, das ihm als

Vater Orientierung bot. In den raren Minuten, in denen die Harztropfen der Kiefernäste auf dem Lagerfeuer verpufften, in denen das Kind mit nackter Brust auf seiner nackten Brust lag und schlief, wollte Lee für immer erstarren, erlangte er eine schale Ahnung davon, dass das einst möglich gewesen sein musste: Vater zu sein.

Wieder fragte er sich, wie es möglich war, dass alles, was das Kind seit seiner Geburt erlebte, falsch, die Geburt selbst aber richtig war. Dass das Land es trotz allem nicht schaffte: die Geburt kaputt zu machen. Auf dem Weg zum Kinderarzt hatten sie Lee und das Kind auf einer Verkehrsinsel verwahrt, welche von Motorrädern und Lastwagen umschifft wurde, dröhnend, vernichtend. Er hatte das Kind den Geruch des Diesels vom Geruch des Benzins unterscheiden gelehrt.

– So? Mach ich's so richtig?, hatte es gefragt, die Nase unter dem Saum des T-Shirts versteckt.

– Genau richtig, ja.

– So ist's in Ordnung?

– Ich denke, schon.

– So kommt nichts durch?

– Nein, so kannst du ganz beruhigt sein.

Nach dem Kinderarzt hatte er das Kind mit einem Eis trösten wollen, doch es hatte keines gewollt. Joghurt-Maracuja habe es erst gestern mit seiner Mutter gegessen und Omas Apfelkuchen schmecke nach Schnaps. Er hatte mit dem Kind die Großmutter im Heim besuchen wollen, doch das Kind fürchtete sich. Die Großmutter sei verrückt. Ob Lee das nicht wisse? Sie sei nicht richtig im Kopf.

Lees Mutter hatte ihre Schüler geliebt, doch als keine Schüler mehr da waren, die sie lieben konnte, hatte sie statt ihrer die Dorffeste geliebt, den Ausschank, den Tanz. Als die Sydower Schule schloss, war seine Mutter die Erste gewesen, die unter der geschmückten Dorflinde zu trinken begann, und sie war die Letzte, die noch im Bierzelt saß, als die anderen längst schliefen oder sich liebten. Sie trank dann am ersten Mai und am Sommerfest, und sie trank zu Nikolaus, wenn die anderen sich Kaffee einschenkten, und sie trank zu Halloween, zu Ostern, zum Herrentag.

Lee war keine weitere Attraktion eingefallen, nach dem Kinderarzt. Wohin gehen, wenn das Kind kein Eis essen wollte? Sie waren unschlüssig an der Haltestelle gestanden und dann in Marjuschas Wohnung zurückgekehrt, hatten sich Caillou angeschaut. Dann Peppa Wutz. Dann Dino Zug. Dann die Sendung mit der Maus.

– Ist Mama hier, in dem Ort?

– Nein.

– Hab ich mir schon gedacht.

– Warum fragst du dann?

– Wenn wir sie wiederseh'n, werd ich ihr das zweite Happy Hippo schenken. Nicht Julian. Ich werd Entschuldigung sagen. Dann können wir mit den Happy Hippos spielen. Du kannst eins aus Holz schnitzen, dann kannst du auch mit uns spielen. Ja, Papa? Ja?

Er drehte das Kinn des Kindes in seine Richtung, zwang es, zu ihm aufzusehen.

– Nun hör mal zu.

– Sag erst, ob du dann mit uns spielst? Mit Mama und mir?

– Ich bin dein Vater. Ich bin hier. Ich lebe. Schau mich an!

– Sag erst, ob du dir dann eins aus Holz schnitzt? Dass wir alle drei eins haben? Ja? Papa?

Lees Hand holte aus, ohne dass er ihr den Befehl dazu gab. Im letzten Moment bremste er sie ab, doch zu spät. Ohne Schwung langte er zu. Das Kind verharrte einen Moment ungläubig, sank dann in den Hafer, der die Dorfstraße säumte. Es zog Arme und Beine an den Rumpf, hielt die Wirbelsäule gekrümmt. Lee wollte das Kind aufnehmen, es machte sich hart, verweigerte sich, kauerte in der totgespritzen Wiese; beschämt sank er über dem kleinen Körper zusammen. Die Stirn des Kindes war verschwitzt. Das Gras roch nach Phosphaten. Aus dem Wiesengrund stieg ein fiebriger Dunst voller Schnaken.

Am Morgen hatte sich an der Bissstelle der Zecke eine Fistel gebildet, der schwarze Punkt der Beißwerkzeuge war zugeschwollen, und als Lee erwachte, aus Träumen, in denen die Ricke sich erst vor ihm spreizte, ihn dann verspottete, walkte er Wundflüssigkeit aus seinem Nabel in den schmutzstarren T-Shirt-Saum.

Er erwärmte dem Kind keine Milch zum Frühstück.

Das Kind trank sie kalt, im Gehen.

Es sprach nicht mit ihm.

Hinterm Ortseingang von Zeetz verliefen die Gleise ein Stück weit auf dem Deich der Sydow, sie führten direkt durch den Zeetzer Hafen, unter dem Verladekran hindurch, der seit Jahrzehnten nichts verlud. Das Kind war irgendwann auf Lees Rücken eingeschlafen, erschöpft und gepeinigt von den eigenen Tränen, er legte es in die klamme Hafenböschung, schirmte sich die Augen ab und sah zum Lunewiner Ufer hinüber.

Die Tiermehlfabrik war mit gigantischen, silbern geriffelten Blechplatten verkleidet, die das Sonnenlicht brachen und spiegelten, sie hatte eine Kuppel, die dem Kühlturm eines Kraftwerks glich, einen hohen Abluftschornstein, aus dem kein Rauch stieg, und drei barackenhafte Anbauten mit Flachdächern. Die ersten Blaufärbungen waren schon vor dem Bau gesichtet worden. Noch am Tag, an dem Lees Vater zum Revierförster ernannt worden war, hatte er einen blauzüngigen Dachs in seiner Kladde vermerkt. Niemand entlang der Sydow hatte ihm Glauben geschenkt.

Auch Lee nicht.

Wenn er den Vater fragte, rührten die Verfärbungen mal von den Phosphaten, die aus den Äckern in die Sydow schwemmten, mal vom Streusalz, das von der Autobahnbrücke im Westen in den Fluss geriet. Er hatte Jahr für Jahr eine neue Erklärung gehabt. Dann endlich, mit dem Bau der Tiermehlfabrik, hatte er seinen persönlichen Feind gefunden. Es hatte etwas Manisches, wie er nur mehr von der Entfettung von Fleischbreien gesprochen, im Internet nach Funktionsweise und Ausführung gesucht, ein Pappmodell im Maßstab 1:55 nachgebaut hatte, das Lees Mutter voller Wut, voller Wein, zusammentrat, woraufhin Lees Vater sie für immer des Forsthauses verwies.

Der Einlauf des Abwassers in den Vorfluter war deutlich zu sehen, keiner Verfärbung, sondern einer erhöhten Fließgeschwindigkeit wegen, die sich durch harmlose Strudel flottierender Laichkräuter und Wasserlinsen bemerkbar machte. Flussaufwärts aber staute sich ein Schaumteppich, aufgeworfen zu bräunlichen Wellenkronen, von denen der Wind hier und da Schaumfetzen löste und auf das vergleichsweise reine Wasser des Vorfluters blies, wo sich der Schaum zäh und eiförmig ausbreitete, zum vielfach geflickten Teppich schloss, aus dem Faulgasblasen und schwefelhaltige Verpuffungen platzten; das übersäuerte Wasser der tieferen Schichten schien mit der Lauge darüber zu reagieren, der ganze Fluss in inwendigem Kampf, in steter Abwehr, gewissen Erdplatten gleich, die energiestrotzend aneinandergerieten, Magma nach oben drückten, Vulkane aufwarfen, Lava spien, doch inmitten des bräunlichen Schaums der Sydow zeigten sich hellere Schlieren der aus den Verpuffungen geplatzten Flüssigkeiten, aufgeworfene Gärlösungen, zu Lavabächen geronnen, heiß in den Schaum gebrannt, zischende Temperaturangleichungen waren zu hören, das Erstarren von Heißem in Kälte, und inmitten des schaumig gerinnenden Flors rotierten die wenigen, in schwarze Säcke getüteten Bündel.

Lee rauchte zu Ende, schulterte das Kind.

Und ging weiter.

Krystofs Pick-up stand am anderen Ende der Zeetzer Hafenplatte, wo die Bahngleise direkt ans Wasser führten. Aus der geöffneten Fahrertür drang der Technobass, leise gestellt, vom Leerlauf des Motors beinahe übertönt, Krystof lehnte an seinem Wagen, in sich gesackt, sichtlich betrunken. Lee lugte hinter dem Denkmal für die gefallenen Soldaten des Krieges hervor, hielt den Kopf des Kindes nach unten gedrückt.

Lees Herz schlug nicht, wie es sollte. Der leise, aber tiefe Bass setzte ihm zu. Sein Herz schlug zu schnell und setzte dann aus, er fürchtete die Sekunde, in der er ohne Puls war, in der er sich wie abgeklemmt fühlte, doch auch diesmal setzte der Schlag mit einem nachgezogenen Doppler wieder ein. In den Ohren hörte er seinen Puls, der Puls ging zu schnell. Er war nicht dafür gemacht, dachte er. Er hatte einen Fehler begangen. Die Luft hier war rau.

Vielleicht hatte Krystof nur Wachters Haut über die Sydow gebracht. Wodka dafür bekommen. Schaffte es nun nicht mehr zurück in den Forst. Er würde weitertrinken, bis er nicht mehr wusste, dass er nicht mehr fahren konnte. Dann würde er fahren. Es gab Dinge, die änderten sich nicht. Häute, Menschen, verlorene Hoffnungen, all das kam durch Groß Zeetz, auf dem Weg nach Osten, ins Luch. Alle kamen durch Zeetz, die es in den Osten drängte, die etwas loswerden oder etwas verschweigen wollten, denen die Leichen nachts aus den Kellern stiegen, die nicht bleiben konnten, da sie Ausgestoßene waren, die nur noch einen Lebensraum für sich kannten: die Weite des Luchs.

Groß Zeetz war die letzte geschlossene Siedlung vor den Loosen und Weilern, doch auch das Zeetzer Zentrum bestand nur aus einem Dutzend Höfen, einem betonierten Fährhafen und einem hohen Verladeturm, in dem einst ein Café Einzug gehalten hatte, das inzwischen wieder pleite war. Die kleine Fähre lag am Kai, niemand erwartete die nächste Querung. Auf der Betonplatte, am anderen Ende des Kais, wartete eine Streife des Bundesgrenzschutzes. Ein Grenzer war ausgestiegen, begutachtete einige Seesterne, die auf der Betonplatte zwischen den Pollern auslagen, den Seesternen waren die Arme abgefallen, ihre Rumpfkörper wirkten wie atrophiert.

Eine Beamtin im Wagen sah nicht aus dem Fenster, spielte mit ihrem Handy.

Lee kauerte noch immer hinter dem Denkmal für die gefallenen Soldaten, einer schmucklosen Stele, deren Inschriften Frischluftflechten auslöschten, im Schutz der Ligusterhecke, die das Denkmal einfriedete, neben ihm das Kind, ganz dicht neben ihm, wirklich dicht. Nach einiger Zeit wendete die Streife, fuhr im Schritttempo die kurze Mole entlang und verschwand hinter dem hohen Verladeturm. Am gegenüberliegenden Ende des Kais setzte sich Krystof einhändig ans Steuer, wo er weitertrank.

Lee klemmte das Kind unter den Arm, es murrte, er legte ihm die Hand vor den Mund; das Kind scheuerte an Lees Bauchnabel, doch er gab dem Schmerz keine Macht, pirschte im Schatten des Bahndamms zurück, umging die Hafenplatte, indem er einen rückwärtigen Pfad nahm, den das Wild in den toten Hafer gesetzt hatte, weiter östlich bog er zurück auf die Dorfstraße.

– Ich mag's nich', wenn du mich so trägst, sagte das Kind, sobald er die Hand von seinem Mund nahm.

– Dann lauf selbst.

– Aber ich bin müde. Ich kann nich' mehr laufen.

– Dann sei froh, dass ich dich trage.

– Es tut weh, am Bauch. Wo deine Hand ist. Deine Hand ist so hart.

Er stellte das Kind vor sich in den Sand. Es weinte. Mit dem Handrücken wischte es sich die Tränen vom Kinn. Lee sah weg. Er stand an einem Gartentor, das von trockenen Pfriemengräsern umrankt war. Schwarzer Mohn breitete sich vor den Stufen des Eingangs aus. Der Holzzaun war neu gestrichen, kubanisch blau, die schrill pinke Haustür aber lag eingetreten im Flur.

– Hör auf zu heulen, sagte er. Bitte.

– Ich will ja gar nich' heulen.

– Dann heul auch nicht.

– Warte. Warte auf mich!

Lee betrat das Haus. Unter seinen Stiefeln klackten edel geschliffene Dielen. Die Wände waren roh, aber sauber verfugt. Verhuscht folgte ihm das Kind in den Flur. Er betrat die Küche. Alle vier Knöpfe des Elektroherds standen auf höchster Stufe, die Ceranplatten waren kalt. Am Kühlschrank klebte ein Aufkleber: A+++. Im Inneren Sporen einer zähflüssigen Masse. In einem Doppelnapf neben dem Kühlschrank Käsecracker, Lee kratzte sie heraus, gab sie dem Kind. Sie gingen in den Garten hinaus. Das Kind klammerte sich an Lees Beinen fest. Die Terrasse war von Berberitzen und Schöllkraut überwuchert, er rupfte eine Goldrute samt kleinem Wurzelstrauß aus dem Boden, er roch daran, die feuchte Erde roch wie einst.

Das Trampolin war von einem Netz umgeben, das Kinder davor bewahren sollte, vom Sprungtuch zu stürzen, es war auf sechs derben Alurohren aufgebockt, hüfthoch über dem Boden, inmitten von aufschießenden Rispengräsern und Schilfkolben. Er drückte die Gräser beiseite, schlug eine Schneise, zertrat ein bauchiges Rotweinglas. Dann streifte er den Rucksack ab und hob das Kind die kleine Treppe zum Trampolin hinauf.

Verängstigt öffnete es den Schnappgurt des Sicherheitsnetzes und bestieg das Sprungtuch, das unter seinem nichtigen Gewicht kaum nachgab. Es ließ sich fallen. Stemmte sich in den Stand. Lachte. Lee stieg dazu. Brachte das Kind zum Schwingen, sprang dann selbst. Auf dem Scheitelpunkt seiner Sprünge konnte er über den Deich sehen, hinter dem die Sydow floss, sein Schatten glitt das Sicherheitsnetz hinauf und hinunter, auf der anderen Seite lag die Dorfstraße staubig und leer. Das Kind jauchzte und rief.

– Schneller, Papa. Höher! Nein, Papa, so, schau, wie ich es mache. So musst du's machen, schau!

Sie fanden nicht den Zeitpunkt aufzuhören, und so sprangen sie noch, als ihren Gliedern die Kraft fehlte; das hochschnellende Tuch schlug ihnen die Kniegelenke derb in den Bauch, sie japsten nach Luft. Erschöpft ließen sie sich ausschwingen, schlichen auf allen Vieren aus dem Ring, ließen sich ins Gras sinken, kitzelten sich gegenseitig durch.

– Is' nicht mehr witzig, rief das Kind.

– Warum lachst du dann?

– Weil du mich kitzelst.

– Also ist es auch witzig.

– Nein, es kitzelt nur. Hör auf, ich kann nich' mehr!

– Sag, dass es witzig ist.

– Hörst du dann auf?

– Sag es.

– Es ist witzig.

– Du hast Spaß?

– Papa, es ist witzig mit dir.

Er ließ das Kind in Ruhe. Sein Zeckenstich brannte wieder nach der Rangelei. Er nahm das Messer aus dem Gürtel und schabte den Schorf herunter, bis frisches Blut austrat. Das würde die Wunde reinigen. Dann stand er auf, setzte mit dem Messer einen Schnitt in das Sprungtuch, entnahm ihm ein Karree von der Größe einer Flagge, faltete es Kante auf Kante, rollte es ein, steckte es unter die Frontschlaufen seines Rucksacks.

– Papa?

– Was ist?

– Hör mir mal zu!

– Wir müssen weiter. Was ist denn?

– Du sollst zuhör'n.

– Aber du sagst ja nichts.

– Die Mama ist nicht bei Opa, stimmt's? Ich weiß, dass sie nicht bei Opa ist. Und weißt du auch, warum ich das weiß? Sag schon, weißt du's?

– Ich weiß nicht, nein.

– Weil ich gar keine Mama hab.

– Aber natürlich, was soll das.

– Ich weiß nicht. Ich erinner mich nicht.

– Das musst du aber. Du musst dich erinnern. Verdammt, natürlich erinnerst du dich!

– Ich weiß nicht, was war, und was ich mir eingebildet hab.

– Du hast sie dir nicht eingebildet.

– Es gibt sie wirklich?

– Sie ist nicht bei uns. Aber das heißt nicht, dass es sie nicht gibt. Dreh dich um. Mach die Augen zu. Und dann? Dann bin ich immer noch da.

Lee zweifelte, ob das Kind etwas begriff. Es war in einem Alter, in dem Anwesenheit und Abwesenheit nur zufällige Ausformungen desselben Zustands waren. Was fehlte, ließ sich herbeizaubern. Was störte, wurde versteckt. Eine Mutter, die krank war, würde genesen. Wer tot war, wäre am nächsten Morgen zum Leben erweckt. Es gab keinen Grund, das Kind nicht in dem Glauben zu belassen. Noch war es in einem Alter, in dem es Herr war über die logischen Zwänge der Welt.

Als sie das östliche Ende der Dorfstraße erreichten, fuhr in der Dorfmitte der Pick-up an, Krystof wendete ruppig, bevor er mit hochtourig laufendem Motor in westlicher Richtung verschwand. Lee spürte keine Erleichterung. Etwas hatte sich auf seine Glieder gelegt, das er nicht abzuschütteln vermochte. Ihm war, als zirkuliere Luft in seinen Adern. Ein Greis ratterte mit seinem Gespann über das unebene Pflaster, Fahrrad und Anhänger; auf dem Anhänger stapelte sich aufgelesenes, morsches Treibholz aus der Sydow. Das Holz roch nach

Schwefel. Der Greis saß gebeugt im Sattel, mit seltsam in die Länge gestrecktem Rücken, als habe ihm der Schöpfer ein oder zwei Lendenwirbel zu viel geschenkt. Lee nickte dem Mann zu, der erwiderte seinen Gruß nicht, hielt aber an.

– Stinkt ganz schön nach Schwefel, das Zeug, sagte Lee.

– Ich riech nichts, sagte der Mann.

– Und die? Wann sind die weg?

Lee wies hinter sich auf den sauber restaurierten Hof, in dem sie auf dem Trampolin gesprungen waren.

– Ham's nich' mehr ausgehalten, wenn de weißt, was ich mein. Sind zurück in die Stadt.

– Ich meinte, wann?

– Vor paar Tagen, vor paar Monaten, spielt keine Rolle mehr. Aber geh nur rein. Sieh dich um, Junge. Vielleicht findste Milch für dein Kind.

– Haben Sie hier nen Fremden geseh'n? Nen Mann, so eins neunzig?

– Nen langen Lulatsch, den hab ich geseh'n.

– Wann? Wann war das?

– Wie der aussah, is' der längst tot. Du weißt ja, wie's is', mit dem Tod. Wirst vor laufendem Gerät aufgefunden, in den Händen noch Schokoladenpapier und Fernbedienung. Fällste, schwupps, ins Koma, wirst eine Nacht nach'em Exitus weiter beatmet, die Lunge bläst sich auf und fällt in sich zusammen und bläst sich wieder auf, wie'n Sack. Dein Besteck zuhause bleibt inner Spüle liegen, deine Tomaten werden nich' mehr gegossen. So is' das mit dem Tod. Das Radio läuft weiter, während du mit nem Hirnschlag auf'en Boden knallst. Oder, wenn's dich im Auto erwischt, dann bekommste nen Strafzettel, ausgestellt drei Tage nach deinem Tod, deine Leiche angegurtet im Auto und schon blau. Und dein Kind, da? Wird zu nem Marsmännchen umgestaltet, rasiert und mit Schläuchen inner Nase. So! So isses mit dem Tod. Muss man nich' gleich ne neue Krankheit wegen erfinden. Obwohl, früher, wenn ich als Bengel geschlachtet hab, war das Fleisch röter, das stimmt schon -

Lee hatte das Kind gepackt, auf die Schultern gehoben und war geflüchtet. Die letzten Sätze des Alten hatte er kaum noch gehört. Er weigerte sich, der Geschichte eine Bedeutung beizumessen. Ein verrückter Alter. Mehr nicht. Absolut nicht mehr. Nichts als die verrückte Geschichte eines verrückten Alten. Wenn er's bei Licht besah, ergab das Gefasel nicht den geringsten Sinn. Verrückt war's, das war es. Nicht mehr.

Hinterm Dorfausgang lag ein Markendiscounter. An der Eingangstür hingen knallorange Schlussverkaufsschilder. Die Schiebetüren schoben sich vor ihm auf, er eilte mit dem Kind die Gänge ab, kaufte Milch und Toastbrot und Margarine, an der Kasse stand niemand an.

– Kundenkarte?

– Hab ich nicht.

– Woll'n se eine? Für ne andre Filiale?

– Nein.

– Toastbrot könnse noch nen drittes holen zum Preis von zwei. Is' Schlussverkauf.

– Ich dachte, nur das weiße? Das hier ist Vollkorn.

– Alles muss raus. Könnse sich noch eins hol'n. In ner Woche is' hier dicht.

Lee holt eine weitere Packung Toastbrot, er ließ das Kind bei der Kassiererin zurück. Die Kassiererin passte gut auf. Die Kassiererin schenkte dem Kind eine Kundenkarte. Sie verließen den Markendiscounter, aßen im Gehen Toastbrot, folgten der Ausfallstraße nach Osten. An einem Friedhof lag eine kleine, dunkle Kapelle mit Feldsteinfundament, welche die Helligkeit aus dem Tag zu saugen schien; vor der Kapelle, unter den Tannen, grub ein Feldhase einige Samenschuppen aus dem Kirchplatzboden, nahm die Schnauze in die Höhe, witterte. Sein Fell war in Flecken ergraut, aus seinen Lefzen trat Schaum. Der Hase klopfte, sprang dann davon.

– Der Opa hätt dieses Jahr ordentlich was zu tun gehabt, sagte Lee.

– Was denn? Was hätt er zu tun gehabt?

– Die ollen Viecher hier zu erlösen. Das hätt er zu tun gehabt, will ich doch meinen.

Er folgte dem Hasen.

Das Kind auf den Schultern wurde ihm schwer. Er setzte es ab, es maulte, weinte aber nicht mehr, trottete hinter ihm her.

Der Hase verließ die Gemarkung in östlicher Richtung. Die Ausfallstraße wurde ab hier nicht mehr freigehalten, Brombeeren, Hagebutten und Weißdorn rankten über den Sand. Lee und das Kind rissen sich die Schienbeine blutig. Ständig drehte Lee den Kopf, um zu sehen, ob das Kind noch mithielt.

Sie folgten dem Entwässerungsgraben, erst der Hase, dann Lee, dann das Kind, gingen hinter dem Bushäuschen aus Beton vorbei, Lee nahm den Blick nicht von den bläulich-grauen Speichelflecken im Gras, die ihn leiteten, in einem Bogen nach Norden, und dann, wie immer in dieser Gegend, zurück nach Osten, immer wieder nach Osten, in die Auen, ins Luch.

Aus dem Ort heulte das zerstörerische Keifen einer Motorsäge, gefolgt von Doggengebell, der Hase zuckte zusammen, sprang über den Entwässerungsgraben und über den toten Acker davon. Nach einigen Metern drehte er sich um, atmete hechelnd, die Lauscher aufgestellt, er duckte sich in eine Sasse, da die Motorsäge erneut zu lärmen begann.

– Scheiße, sagte Lee. Das mit der Säge ist ein verdammter Scheiß.

Er nahm das Gewehr aus dem Rucksack, schraubte den Lauf ineinander, lud es durch, spannte den Hahn, der Schuss streifte den Hasen nur, das Tier sprang in die Höhe, fing sich, wetzte davon, Lee setzte über den Graben, rannte hinterher, schoss ohne richtig anzulegen, es knallte, der Hase prallte gegen den Stamm einer Pappel, Lee lud durch, setzte dem Tier den letzten Schuss. Und dann setzte er noch einen nach. Und noch einen. Und dann war Schluss.

– Du kleiner Scheißer, sagte Lee. Verarschen kann ich mich selbst.

Lee hob den Hasen zwischen den Lauschern und trug ihn zu dem Kind, das auf der anderen Seite des Entwässerungsgrabens zurückgeblieben war. Das Kind wich vor ihm zurück, oder vielleicht auch vor dem Hasen, aus dem Blut tropfte.

Lee setzte sich ins Gras. Er zog den Reißverschluss seiner Windjacke auf. Sein Bauchnabel juckte höllisch. Er hielt den Hasenkopf mit dem halb geöffneten Gebiss, schloss dem Tier die Augen, warf es neben sich in das gelb gespritzte Ufergras.

– Warum bist du so wütend?, fragte das Kind.

– Ich bin nicht wütend.

– Warum hast du dann so oft geschossen?

– Weil mich der kleine Scheißer hier ganz schön verarschen wollte. Deswegen hab ich so oft geschossen.

– Hätt ein Schuss für so nen kleinen Hasen denn nich' gereicht?

– Ein Schuss reicht für gar nichts. Kannste total vergessen. Ein Schuss hat früher vielleicht mal für was gereicht.

Er holte das Messer, brach den Hasen auf, entfernte das Geschlecht und die Innereien, brach ihm die Läufe, trennte den Kopf ab, setzte kleine, lösende Schnitte unter die Haut und zog das Fell vom Bindegewebe.

Das Fleisch darunter war blau.

Jedes Tier, dem man die Haut abzog, war blau. Sein eigenes Fleisch wäre blau, wenn man ihm die Haut vom Leib zöge. Fleisch an sich war blau. So einfach war das. Rot wurde Fleisch erst im Supermarkt, in der Vitrine. Sie gaben irgendein Gas dazu, das es entfärbte.

– Ist die Seele schon raus?, fragte das Kind. Wir können gar kein Fenster öffnen, hier draußen.

– Hör mir auf mit dem Quatsch.

– Warum? Warum soll ich aufhör'n damit? Du hast ihn doch totgemacht.

– Das Vieh hat aber keine Seele.

– Alle haben eine, nur dieser Hase nicht?

– Nein, alle haben keine.

– Wir auch nicht?

– Du vielleicht. Ich nicht.

Lees Puls zog an, das gefiel ihm gar nicht. Etwas Dunkles stieg in ihm hoch, füllte den Platz, in dem einst seine Seele gewesen war, trübte ihm die Sicht. Er rieb sich die Augen. Er betrachtete den halb zerlegten Hasen im Gras. Stupfte mit der Messerspitze die entnommenen Innereien an, die Gallenblase, den Magen, das Herz.

– Lass das, sagte das Kind.

– Und warum? Warum sollt ich's lassen?

– Weil's zu nichts gut ist. Deswegen.

– Sei still. Ich fürchte, du hast nicht die geringste Ahnung davon.

Aus Richtung der verlassenen Bushaltestelle näherte sich der Greis aus dem Dorf. Der hatte Lee noch gefehlt. Er zog die Teile des Hasen in den Entwässerungsgraben, wischte sich die blutigen Hände im Gras ab, dann nahm er das Gewehr auseinander und verstaute es hastig, schulterte das Kind und ging dem Alten entgegen.

– Könnt meinen, ich hab was knallen gehört, sagte der Alte.

– Da täuschen se sich.

– Nee, tu ich nich'. Acht, neun Schuss, als wär einer durchgegangen mit seiner Flinte.

– Hab nichts gehört.

– Hör auf, Junge. Baller hier nich' alles ab. Mir isses egal, kann die Karnickel eh nich' leiden. Aber der Grenzschutz dreht bisschen am Rad, wenn de weißt, was ich mein.

– Nee, weiß ich nicht.

– Sie wollen die Fähre einstellen.

– Und was soll das bringen? Die Sydow, die müssten se einstellen.

Der Alte schenkte dem Kind eine Orange. Der Aufkleber wies sie als spanisch aus. Lee forderte das Kind auf, sich zu bedanken. Das Kind bedankte sich. Auf einer grauen Trafostation hinter der Bushaltestelle fand er zum ersten Mal seit langem wieder eine Zeichnung. Eine Ricke, die einige Blüten von Hexenkräutern verspeiste, während ein Bock sie bestieg; daneben drei kleine Kitze. Die Zeichnung war hastig erfolgt und doch präzise, wirkte beinahe gepaust oder gedruckt.

Hinter ihnen, irgendwo in Zeetz oder Lunewin, bellten die Hunde. Leichter Regen schlug Lee und dem Kind ins Gesicht. Der Regen fiel schräg, tickte seltsam laut auf das Plastik seiner Windjacke; über dem Horizont tat sich ein Lichtstreif auf, und sein Brustkorb verengte sich, hier, in der nassen Luft, auf der nassen Erde, während auf der anderen Seite des Polders die Hunde durchgingen.

Alles im Griff, dachte Lee.

Aber letztlich hatte er keine Ahnung davon.

Er drehte sich eine seiner dünnen, tabaksparenden Zigaretten. Er rauchte sie an. Das Papier knisterte. Der Rauch strich ihm um die Zunge, füllte seine Mundhöhle, er sog ihn tief in die Bronchien hinab. Seine Lunge weitete sich, nahm mehr Rauch auf, das waren die Stäube, derer er Herr wurde, die er nur inhalierte, wenn er stark genug dazu war.

Der Wagen des Bundesgrenzschutzes holte sie ein, bevor sie die Gemarkung verlassen und ins Luch abtauchen konnten. So unauffällig wie möglich ließ Lee den Rucksack von seinen Schultern gleiten, schob ihn in die Böschung, trat beiläufig die Zigarette aus, ging weiter, hielt das Kind fest an seiner Hand.

– Dein Rucksack, rief das Kind. Du hast deinen Rucksack vergessen.

– Psst, sei still.

Er zerrte das Kind weiter über den Deich, er tat, als nehme er von dem Wagen, der zu ihnen aufgeschlossen hatte und auf der geteerten Deichkrone verlangsamte, keine Notiz.

– Da ist noch Toastbrot drin. Und Margarine! Was sollen wir essen, wenn das Toastbrot weg ist? Ich ess kein' Fisch. Schon gar nicht roh!

Er fasste das Kind noch fester, es schwebte beinahe unter seinem Griff durch die Luft.

Der Wagen überholte sie, hielt an, eine Frau in der Uniform des Bundesgrenzschutzes stieg aus und stellte sich ihnen in den Weg.

– Soll einer mit nem Gewehr umgeh'n. Den ham se nicht zufällig geseh'n?

– Einen mit nem Gewehr?, fragte Lee.

– Sagen die Leute.

– Mit nem richtigen Schießgewehr?

– Wenn Sie wen seh'n, geben Sie im Ort Bescheid. Ist Schonzeit, deswegen.

– Schonzeit? Wer will'n das verseuchte Zeug hier noch jagen?

– Glauben Sie bloß nicht, was die Leute erzähl'n. Die Leute hier, die glauben an Märchen.

Sie lächelte dem Kind zu, stieg zurück in den Wagen. Durch die Windschutzscheibe betrachtete sie das Kind. Sie schien nachzudenken. Dann griff sie nach ihrem Telefon. In dem Moment schob sich die

Sonne unter ein Wolkenband, und der Lichtstreif über dem Horizont verfärbte sich, und die alten Gräser vom Vorjahr warfen Schatten auf den noch kargen Wuchs von jungem Mais, einer der Hunde jagte vom Zeetzer Ortsrand aufs Feld hinaus, auf einige Kraniche zu.

Die Frau telefonierte. Nahm den Blick nicht von dem Kind. Ein erster Kranich stieg auf, am anderen Ende des Feldes schwang sich ein weiterer in die Luft, die Beine nach dem Start lang und ausgefahren, dann wie mechanisch in den Rumpf gesogen, immer weitere Schwingen erhoben sich in den roten Dunst über dem Hinterland der Auen, echoloses Trompeten über dem randlosen Feld. Dann wieder Regen, der auf ihn fiel und auf das Kind und die Kraniche, am Horizont sank der matte Sonnenball auf das Feld.

Die Frau sprach nicht in ihr Telefon, bekam entweder keine Verbindung oder lauschte nur einer Abfrage des Registers. Sie grüßte. Lee grüßte zurück. Dann sah er der Streife hinterher, trübe Rücklichter, kleiner werdend auf dem endlos in die Ferne führenden Deich. Im Osten wurde der Himmel schwarz, Lee hob seinen Rucksack aus der Böschung, unter dem sich Asseln, Regenwürmer und Steinläufer tummelten. Er zerhackte die sojaähnlichen Wesen, teilte mit dem Messer zwei Portionen auf, das Kind weigerte sich zuzugreifen. Er nahm vier weiche Toastbrotscheiben aus dem Rucksack, bestrich sie mit Margarine, reichte zwei von ihnen dem Kind, belegte seine eigenen Scheiben mit Asseln und Würmern, klappte sie zu Sandwichs zusammen, schob sie sich in den Mund; das Eiweiß würde ihm helfen, klar zu denken.

– Wird alles besser, wenn wir bei Opa sind, sagte er zu dem Kind.

Am Morgen fuhr ihm der Technobass hart in die Glieder, wiegelte sein Blut auf, trieb es im Rhythmus durch die Adern. Lee schreckte aus der Schlafrolle in den Stand, der wattierte Stoff schlotterte ihm um die Knöchel.

Totale Stille. Kein Bass.

Eine davonfliegende Hummel, eine nachwippende Kleeblüte neben ihm. Er war von seinem eigenen Herzrasen erwacht.

Ungelenk stieg er aus der Schlafrolle und streckte sich, sein Parka war nass. Das Kind schlief. Er legte die Schlafrolle zum Trocknen in der Morgensonne aus und ging zum Fluss, warf sich das kalte Wasser der Sydow ins Gesicht, es roch schwach nach Lack. Das Wasser brannte auf der Haut, er strich es sich hastig von den Wangen. Wasserläufer stoben davon, ein Wels schlängelte sich über das Kiesbett.

Er ging zur Schlafstelle des Kindes, küsste es auf die Stirn, wiegte und kraulte es, bis Bewegung unter die kleinen Lider kam, die Augen zu zucken begannen, die Lider aufklappten, zufielen, etwas länger aufklappten und das Kind endlich gähnend erwachte. Es hatte eine Salzkruste unter den Lidern, Lee netzte seinen Zeigefinger und wischte sie fort.

– Was ist? Was hab ich da? Warum machst du das? Ist es weg?

– Guten Morgen, sagte er zu dem Kind.

– Ich hab gar nicht geschlafen. Ich hab Wölfe gehört.

– Hier waren keine Wölfe.

– Bären?

– Auch keine Bären.

– Aber was hab ich gehört?

– Dein Herz, vielleicht.

Seit Tagen konnte er zum ersten Mal wieder sein Handy aufladen. Er richtete das Paneel zur Sonne aus, steckte das Ladekabel in die Buchse. Sobald die Spannung es zuließ, schaltete er das Handy ein, dimmte es trotz des direkten Sonneneinfalls auf die schwächste Stufe.

Ein Anschlag, zehn Tote.

Gesundheitsgefahr durch Handystrahlung unterschätzt.

Rüge der Bildzeitung durch den Presserat. (Foto eines minderjährigen Paares beim Sex.)

Sie waren nicht in den regionalen Nachrichten. Natürlich, es gab keinen Grund dazu. Er war der Vater des Kindes. Er hatte es am Nacken gepackt und aufs Feld getragen. Er hatte das Recht dazu. Die Frau, die keine Kinder hatte, hatte nichts gegen ihn in der Hand. Er beendete den Ladevorgang. Stellte das Gerät wieder aus.

Er blickte nach Osten, Richtung Luch und auf die alten Gemarkungen, auf verwachsene Kopfweiden, seit Jahren nicht mehr geschnitten, und auf den brüchigen Deich. Er schnürte seinen Rucksack auf, von dem das aufgedampfte Polyethylen in Schichten blätterte, und nahm eine ölige Plastiktüte heraus. Er sah nach. In der Tüte lag ein toter Wels. Lee roch daran, bevor er dem Wels den Kopf abbiss und den Kopf in das Ufergras spuckte, mit bloßen Fingern das Rückgrat entnahm und sich das gallertige Fleisch einverleibte.

Er nahm an, dass sie seinen Vater morgen erreichen würden. Oder übermorgen. Bis zur Mündung der Sydow waren es noch gut dreihundert Kilometer. Das Luch aber begann schon bald hinter Zeetz. Er spürte die Wärme der Sonne unter der Windjacke und unter dem Troyer. Er setzte sich ins Gras, beugte den Oberkörper nach vorn, dehnte und streckte sich, bis er mit den Fingerspitzen seine Schuhe erreichte, in dem Moment platze die Wunde am Nabel auf und floss aus.

Er war sich nicht sicher, ob das Kind heute Geburtstag hatte. Er wusste, dass der Geburtstag um die späte Frühlingszeit war. Er nahm an, dass ein Geburtstag das Kind aufmuntern würde. Als das Kind wieder eingeschlafen war, bereitete er eine Schatzsuche vor. Keine große mit voller Kinderschar, wie damals am Angelteich, am Rande der Stadt. Eine kleine, das sollte genügen.

Er legte einige Pfeile aus dünnen Haselnussästen, die er vom Stamm gedreht hatte. Er schlug eine Schneise durchs Wiesenrispengras, folgte den Trittspuren des Wilds, legte einen letzten Haselpfeil um die Ecke, fand im hohlen Stumpf einer Eiche den perfekten Platz für den Schatz. Allein, er hatte nichts, was er dem Kind schenken konnte. Er überlegte. Die Happy Hippos. Er ging den Schnitzelweg zurück, folgte den Pfeilen in umgekehrter Richtung, erreichte die Schlafstelle, auf der sich das Kind unruhig wand, es war wieder eingeschlafen.

Er fasste dem Kind in die Jacke, die Jackentasche war sonnenwarm, doch nichts. Er fasste in die Kapuze der kleinen Regenjacke, nichts. Er bemerkte die Ausbuchtung des kleinen, verschmutzen T-Shirts. Die Brust des Kindes hob und senkte sich. Er fasste unter den Stoff, spürte die junge, warme Haut unter seinen verschwielten

Kuppen. Dann zog er die beiden Überraschungseier hervor. Schokolade und Aluminiumfolie waren längst heruntergebröselt, es waren nur noch die beiden gelben Plastikschalen übrig. Lee trug sie in den Stumpf der Eiche.

Dann weckte er das Kind ein zweites Mal. Sowie es die Augen aufschlug, fasste es sich unter das T-Shirt.

– Was hast du getan? Wo sind wir? Wo sind sie?

– Psst. Wir feiern heute deinen Geburtstag.

– Heute? Wirklich? Ich will meine Happy Hippos wiederhaben. Was hast du mit meinen Happy Hippos gemacht?

– Ich hab eine Schatzsuche vorbereitet. Na los, steh auf, such den ersten Pfeil!

– Ich will keinen Schatz suchen, ich will meine Happy Hippos wiederhaben, eins für Mama, eins für mich.

– Auf los geht's los. Und, los!

Das Kind sah ihn voller Zorn an, seine Augenlider verengten sich, doch dann änderte sich der Blick, das Kind schien sich zu fügen, es folgte dem ersten Pfeil. Lee ging hinter dem Kind, beglückwünschte es bei jeder Abzweigung, die es richtig nahm, fühlte sogar Vaterstolz, als es in nur wenigen Sekunden den Eichenstumpf erreichte, ohne ein einziges Mal um Hilfe zu bitten, und die beiden Eier an sich nahm.

– Freust du dich?

– Du hast sie mir weggenommen. Du darfst mir nichts wegnehmen, was du mir schon mal geschenkt hast.

Da schlug er dem Kind die vermaledeiten Dinger aus der Hand. Einer der gelben Deckel sprang auf, ein kleinteiliger Bausatz fiel in den Sand.

– Es ist gar kein Happy Hippo! Es ist ein blöder Bausatz. Ich hab die ganze Zeit einen blöden Bausatz getragen!

Das Kind schrie, in barem Entsetzen. Es hebelte vom zweiten Ei die Kappe ab, wieder kein Happy Hippo, ein zweiter Bausatz fiel in den Sand, das Kind starrte auf die bunten Plastikteile, die kleingefalteten Anleitungen, die vier halben Plastikeierschalen. Das Kind zog bibbernd den Mund in die Breite, immer weiter, bis die kleinen Lippen bebten, das kleine Kinn erzitterte, erste Tränen aus den Augenwinkeln rollten, und es jäh und grässlich zu heulen begann.

Wenn Lee etwas nicht ertrug, dann ein heulendes Kind. Er bückte sich nach den Plastikteilen und drückte die Laschen auf die Nippel, bog und brach die Tiefziehteile aus dem Rahmen, klebte grässliche Décors darauf, hatte bald ein springfähiges Känguru und eine Art Abschussrampe gefertigt, die er dem Kind zuwarf. Es fing sie nicht auf, duckte sich nicht, die Teile prallten an seinen Wangen ab. Unter Tränen trat es das Känguru und die Abschussrampe in den Boden, bis die Plastikteile splitternd zerbrachen, das Kind würgte vom Heulen und warf sich Sand ins Gesicht.

Lee konnte es nicht zur Besinnung bringen. Er legte es rücklings in den Sand, damit es sich wenigstens nicht verletzte.

Das Kind schrie. Es schrie immerzu.

Als der Anfall vorbei war, falteten sie ihre Schlafrollen zusammen, schoben die Rollen in den Rucksack, legten die Plastiktüten darauf und machten sich Hand in Hand auf den Weg. Er nahm das Kind auf und küsste es, und das Kind küsste ihn. Der Deich war an mehreren Stellen gebrochen, die Sydow hatte sich im Hinterland zu großen Pfuhlen gestaut. Die Teerschicht, teils aufgequollen in der ungewöhnlich frühen Hitze, teils aufgebrochen vom Wurzelwerk, erschwerte das Vorankommen, doch nach den dornenüberwucherten Feldwegen der Senke hatten sie wieder festen Tritt.

– Du weißt, dass ich dich lieb hab, sagte Lee.

– Ich hab dich auch lieb, Papa.

– Und das wird auch immer so sein.

– Warum sollte's mal nicht mehr so sein?

– Ich meine ja nur.

Auf die Fährte des Kitzes waren sie hinter Groß Zeetz gleich mehrmals gestoßen. Seither hoffte er, das junge Reh zu Gesicht zu bekommen, um seinem Leben ein Ende zu setzen. Doch seit Tagen kam er zu spät. Mal schlossen sich die Ranken einer Brombeerböschung, in die das Kitz kurz vor ihm eingetaucht sein musste, mal meinte er, das Tier über den Höhenzug gehen zu sehen, dann verschwamm der schwarze Punkt, hob sich vom grasbewachsenen Rücken der Höhen, flog auf als harmloses Insekt. Er fürchtete sich nicht vor der Begegnung. Er hoffte, dass das Kitz sich ebenso wenig fürchtete.

Als die Sonne im Zenit stand und der aufgeworfene Teer des Deichs weich zu werden begann, machten sie Rast. Sie stiegen zum Wasser hinab, traten das Ufergras unter einer ausladenden Kopfweide platt, knieten ans Ufer, ohne aus der Sydow zu trinken. Lee knotete den Rucksack auf, entnahm ihm das Karree, das er aus dem Trampolin geschnitten hatte, strich es glatt und legte es vor sich ins Gras. Er brach einen langen Ast von der Kopfweide, schälte mit dem Messer die Rinde ab, schnitzte in die Spitze und auf halber Länge einen Sporn in den Stock und befestigte an ihnen das Sprungtuch.

Dann nahm er der Weide einen zweiten, kürzeren Ast ab, entrindete ihn, versah ihn ebenfalls mit zweifachem Sporn, legte ihn dem ersten über Kreuz und spannte so eine Reuse auf. Er beschwerte sie mit einem größeren Kiesel und ließ sie ins flache Uferwasser hinabgleiten, dann legte er sich auf den Rücken, behielt das längere Ende der ersten Weidenrute sichernd in der Hand, bettete seinen Kopf auf den Rucksack und wies das Kind an, sich auszuruhen.

Er spürte, wie das Weidenholz in seiner Hand das rhythmische Anlanden kleinerer Wellen aus der Sydow auf ihn übertrug, der Ast glitt einen Zentimeter in seiner Handfläche hinauf und wieder zurück. Als die Mattigkeit nach kurzem Dämmerschlaf von ihm abließ und er wieder klar war, hob er die Reuse aus dem Wasser. Die Verknotung löste sich an einer Seite vom Sporn, das Wasser strömte hier aus der Reuse, doch als die beiden Welse nachrutschten, fielen sie bereits auf Land.

Er nahm den ersten der beiden Jungfische in die Hand, sein Vater hätte ihn zurückgesetzt, da er weit unter Mindestgröße maß, er klemmte den Kopf zwischen Daumen, Zeigefinger und Ringfinger und brach dem Fisch das Genick, indem er den Daumen fest zwischen den beiden anderen Fingern hindurchdrückte. Als er es knacken hörte, ließ er den Fisch fallen, nahm den anderen Wels in die Hand, brach auch ihm das Genick, ließ ihn fallen, er wusste nicht mehr, wie vielen Welsen er das Genick gebrochen hatte, in den letzten Wochen. Das Töten ermüdete ihn.

Er biss in den Fisch. Er schmeckte nach Lack. Lee schluckte, bot dem Kind nicht davon an.

– Früher hast du immer ein Feuer gemacht.

– Und jetzt mach ich keins mehr.

– Das ist ein Fisch. Fisch kann man nich' roh essen.

– Man kann noch viel, viel mehr, wenn man muss. Und nun iss dein Brot.

Er kaute kaum, schlang, schluckte. Das Kind sah ihm angewidert zu. Lee legte den zweiten Fisch in die Plastiktüte, knotete sie zu und verstaute sie zuoberst in seinem Rucksack, er zurrte das Band fest, nahm seine Reuse auseinander, faltete das Sprungtuch, einmal längs, einmal quer, deckte den Rucksack damit ab und führte die Deckelschnallen in die beiden Ösen.

Dann brachen sie auf.

Einige Kilometer weiter östlich kniete sich das Kind ins trockene Ufermoos und beugte sich über das Wasser der Binnenaue. Es legte den Kopf schief, es schien, als suche es etwas, oder als versuche es, den richtigen Blickwinkel zu erzielen, Lee schirmte die Augen gegen die Sonne ab und blieb stehen.

– Was ist?, fragte er. Was hast du gefunden?

– Ich weiß nicht. Das Wasser ist bunt.

– Bunt? Welche Farbe hat es?

– Alle Farben, die's gibt. Wie ein Regenbogen.

Lee stieg den Deich hinab und ging neben dem Kind auf die Knie, er erkannte den schillernden Film, der auf der Aue lag, vom Westwind ans östliche Ufer getrieben, in konzentrischen Schlieren ans Ufergehölz gedrückt.

– Das ist Benzin.

– Im Wasser? Aber warum?

– Ich weiß nicht. Trink nicht davon.

Etwas änderte sich an der Haltung des Kindes. Die kleinen Glieder begannen zu beben. Es erhob sich und baute sich vor Lee auf. Obwohl

Lee kniete, reichte ihm das Kind nicht einmal bis zum Haupt. Es war zu klein für sein Alter. Im Kopf war alles in Ordnung. Der Arzt hatte es bestätigt. Aber es war an der Zeit, dass es mal ordentlich wuchs.

– Ist schon gut, sagte Lee. Ist ja schon gut.

– Gut? Nichts ist gut. Gar nichts. Hier gibt's nich' das kleinste Fitzelchen, das gut is'. Ich will verdammt nochmal endlich Wasser trinken.

– Psst. Ist ja schon gut. Lass uns weitergehen. Bei Opa darfst du trinken, soviel du willst.

– Weißt du was? Ich glaub, du willst, dass ich verdurste. Das willst du. Stimmt's?

Die kleine Stirn, nass und gerötet, schien unter dem Druck der Wörter beinahe zu bersten. Das Kind stieg mitsamt seinen kleinen Stiefeln in die Binnenaue, beugte sich über das Wasser, mit geöffnetem Mund. Lee sprang hinzu, packte das Kind an den Haaren, zog es fort. Das Kind heulte, drängte mit aller Kraft nach unten, dem Wasser zu. Lee hielt es zurück, das Kind strampelte, nass von den Schuhen bis zur Stirn, auch Lee war bis zur Hüfte durchweicht. Er griff dem Kind mit Kraft unter die Arme, hob es aus dem Wasser, ließ sich treten, legte es abseits ins Ufermoos.

– Ich werd verdursten, schrie das Kind. Ich werd verdursten, und du bist schuld!

In der Nacht stand das Kind senkrecht in seinem kleinen Schlafsack und brüllte. Lee versuchte, das Kind zu wecken, was ihm nicht gelang. Wenn er nach der kleinen Hand griff, entzog sie sich ihm. Wenn er das Kind an sich drücken wollte, schlug es ihn. Es sank zu Boden und bäumte sich wieder auf, sah mit leeren, aufgerissenen Augen durch Lee hindurch. Die Lippen bebten, der kleine Körper wippte vor und zurück wie der eines kleinwüchsigen Gläubigen in verzweifeltem Kult.

– Komm her, sagte Lee und streckte die Hand aus, komm zu deinem Papa. Dein Papa ist hier.

– Nein!

Das Kind entwand sich, schrie.

– Ist gut, sagte er, du hast geträumt.

– Nein. Du sollst weg!

– Du hast geträumt. Es ist nicht wirklich passiert.
– Du bist nich' mein Papa!, schrie das Kind, geh weg.
– Ich bin dein Papa. Alles ist gut!
– Du verkleidest dich. Wo ist Mama? Ich will zu meiner Mama.
– Psst, du hast geträumt. Ich bin hier!
– Fass mich nich' an. Nicht anfassen! Wer bist du?
– Du bist sicher. Ich bin dein Papa. Psst!
– Du bist nicht mein Papa.
– Psst. Ich bin dein Papa.
– Du bist nicht mein Papa.
– Ich bin dein Papa. So ist es gut.

Das Kind, das sich die ganze Zeit aufgebäumt und auf Knien gewunden hatte, sackte in sich zusammen, fiel erschöpft zurück in den Schlaf, noch immer im Sitzen, mit einem harten Nicken fiel dem Kind der kleine Kopf auf den Schoß. Am Morgen fragte Lee nicht nach. Er fragte schon lang nicht mehr nach.

– Wo ist Mama jetzt?, sagte das Kind, als sie den Deich verließen und ins Luch hinabstiegen, das als rankende Wildnis vor ihnen lag, hier wurde kaum mehr Getreide angebaut, hier lebten Biber und Dachse und wenn es stimmte, was er Lee gesagt hatte, auch sein Vater, in seiner Schnitterkaserne, inmitten von Wild. Die Sonne stand im Zenit über dem Luch, das keine Grenzen kannte, nur Weite und Zeit.

Im Norden wogte das Luchgras bis an den Horizont, kroch im Westen den Höhenzug hinauf, säumte im Osten die Sydow, die dem Luch keine Grenze setzte, auch auf der anderen Seite des Flusses wogten Ähren, Rispen, Halme, Hektar um Hektar, Grannen, Kapseln, Spelzen, Morgen um Morgen, und wohin Lee auch blickte, er blickte auf wogendes, silbern schimmerndes Steppengras.

Durchs Luch führten keine Straßen, nur die Trittpfade des Wilds, von Luchsen, Mardern und Iltissen, Pfade, die hier und da mit Schotter überschüttet waren, für selten herbeiholpernden Lieferverkehr, kurvig angelegte Wildwege, die sich um Hindernisse schlängelten, um Haine und Findlinge; keine Farbe herrschte hier vor, nicht das Rapsgelb des Frühjahrs, nicht das Maisgrün des Sommers, Wiesenrispengräser woben sich durch Hirtentäschel und Flughafer, Storchenschnabel blühte, gelb, Natternkopf, blau, und Wiesenklee, violett.

– Julian hat gesagt, wenn man tot ist, lebt man da oben. Auf einem Stern.

– Das ist Unsinn. Mama ist nicht tot. Sie lebt nicht auf einem Stern.

– Mama hat gesagt, wenn man tot ist, wird man verbrannt und kommt in ein Ei. Das Ei wird dann in die Erde gelegt.

– Mama ist nicht tot. Sie ist nicht in einem Ei.

– Ist Mama lebendig?

– So lebendig wie am jüngsten Tag. Siehst du die Kaserne dort drüben?

– Was ist das, der jüngste Tag?

– Wir sind am Ziel.

Die Sydow war hier unten nicht zu sehen, kaum zu riechen, ein schwacher Algengeruch kam mit den Böen, die über die Lichtung wehten und in die Ginkgos trieben, die der Vater einst vor der Schnitterkaserne gepflanzt haben musste; die Luft war in zwei Schichten geteilt, kühl die untere in der Senke, feuchtwarm die obere, über den Gräsern, wo Pollen und welke Blütenstauden durcheinanderstoben, von Hagebutten, Rauken und Hellerkraut.

Der Schotter auf dem Feldweg hatte eine gleißende, fast weiße Farbe angenommen, gebleicht von langen Sonnenstunden, die Nachmittag für Nachmittag den alten Frühjahrsschlamm getrocknet und von den Steinen gesprengt hatten, bis er zu Sand geworden war.

Der Feldweg teilte die Wiese in ein höherliegendes Plateau, das bis zur Sydow reichte, und einen leicht abfallenden Hang, der Weg bot die einzige Möglichkeit, sich der Schnitterkaserne zu nähern, die unterhalb der Hangkante in einer Senke stand, von weitem kaum sichtbar zwischen den hüfthohen Gräsern, zwischen Ginkgobäumen und Kiefernhain.

Die Schnitterkaserne bestand aus einem einstöckigen Flügel von kaum zehn Metern Länge, an den sich im rechten Winkel ein ebenso langes Nebengelass anschloss, und während die Kaserne glatt und gleichmäßig verputzt war, blätterten von der Fassade des Nebengebäudes Landkartenfransen aus Kalk.

Die Fenster des Nebengebäudes waren zubetoniert oder mit ausfasernden Sperrholzplatten vernagelt, im Hauptgebäude aber zeigte sich weiß gehäkelte Spitze hinter einfachem Glas. Die Stromleitung war gegen die Sonne nur mit zugekniffenen Augen auszumachen, ein dünnes, plastikummanteltes Kabel, das von Ginkgo zu Ginkgo führte und sich dann im Giebel der Schnitterkaserne verlor.

– Papa?

– Ja?

– Mama ist nicht da drin, stimmt's?

– Nein, ist sie nicht.

III.

– DIE SAUER HASTE DABEI? Hab se dir dagelassen. Wusst ich doch, dass du kommst, sobald ihr euch trennt.

Lees Vater kochte in einer im Freien stehenden Mikrowelle eine Tinktur aus Betaisadona und Beinwell auf, brachte über dem Feuerzeug eine Pinzette zum Glühen, wies Lee an, sich rücklings auf den ölfleckigen Teer zu legen. Dann begann er zu operieren. Das Kind wich immer weiter zurück, bis es gegen die zerknautschte Kühlerhaube eines alten Kombis stieß. Lees Vater hielt die Pinzette in die Luft, blinzelte gegen das starke Sonnenlicht an, nickte und goss die kochende Tinktur aus der Mikrowelle auf eine sterile Kompresse, drückte die Kompresse auf Lees Bauchnabel.

Lee sprang in den Stand, schimpfte seinen Vater eine Hexe, sah an sich herunter, glaubte, der kochende Sud habe ihm die Haut durchfressen, es brannte, eine lodernde Fackel an seinem Bauch, er stampfte auf und humpelte dann zusammengekrümmt im Kreis, wobei er ringsum gegen die Autowracks stieß. Endlich ließ der Schmerz nach.

– Papa, sagte das Kind in jäher Verzweiflung. Lass mich nich' allein!

– Ich lass dich nicht allein.

– Und wenn du jetzt stirbst?

– Ich sterbe nicht.

– Und wenn du doch stirbst?

In einiger Entfernung, von der Senke aus nicht zu sehen, näherten sich die Helikopter. Das Knattern der Rotoren lag in der Luft wie ein flächiger Angriff, der näherkam, immer näher, dann aber abdrehte, die Helikopter folgten dem Deich nach Ostende.

– Was?, rief das Kind. Was ist dann? Was hast du gesagt?

– Nichts. Ich hab nichts gesagt.

– Dann stirbst du jetzt also?

– Nein. Ich sterbe jetzt nicht.

Am Abend saßen sie am Feuer neben den Autowracks, Sterne über dem Luch, kalte Dunkelheit, die aus der Weite der Ränder zu ihnen in den Hof kroch, das Kind lag auf seinen Schoß geschmiegt, wachte darüber, dass Lee nicht aufstand, dass Lee nicht einschlief, nicht einmal den finsteren Abort durfte er allein aufsuchen, der kindlichen Angst wegen, er könne in der Grube darunter verschwinden.

– Es ist so hässlich hier, flüsterte das Kind. Warum sind wir so weit gegangen, wenn es so hässlich hier ist?

Auf dem Kasernenhof standen Fässer und Kanister neben Autowracks, deren Batterien sich zu schiefen, leckenden Türmen stapelten. Die Feuerstelle groß, durch nichts begrenzt. Daneben ein Ölfass, in dem etwas schwelte. Auf einem Stapel an Platinen erinnernde Plastikschmelzreste. Benzin. Briketts. Lee wies das Kind an, das T-Shirt hochzuziehen und durch den Stoff zu atmen. Er hielt es fest in den Armen.

– Siehst schon klarer aus, sagte sein Vater zu Lee. Der Kopf ist jetzt auch raus. Das ist das Wichtigste, dass der Kopf raus is'. Seit wann läufste denn rum mit dem Vieh?

Sein Vater schnitt industriell marinierte Nackensteaks aus der Plastikverpackung, auf der noch grelle Schlussverkaufsetiketten klebten, Geschmacksrichtung Joghurt-Zitrone, und legte sie mit den Fingern auf den Grill, die klebrige Marinade wischte er sich an der Hose ab. Die Folien warf er in die Glut. Der Rost lag zu tief auf den Betonsteinen, oder die Glut darunter war noch zu heiß, jedenfalls garten die Steaks nicht, sondern verkohlten, dünne, übelriechende Rauchfaden stiegen auf.

Sein Vater war nicht der stattliche Mann aus Lees Kindheit. Ein magerer Greis war er, in schmutzigem Latzkittel, mit langem Bart. Die Hose fleckig, fleckig das Gesicht.

– Also, gesprächig biste ja nicht. Dann isse dir weggelaufen? Zu Krystof? Hab ich immer gesagt, dass Krystof die bessere Wahl gewesen wär.

– Vergiss es. Sie ist nicht weggelaufen. Zu Krystof gleich gar nicht. Das kannste total vergessen. Was soll sie auch bei Krystof, kannste mir das mal erzähl'n? Ausgerechnet bei Krystof?

– Ihm auch so'n kleines Kindchen machen?

– Ich sag dir mal was. Ich wär froh, wenn's so einfach wär.

– Aber was is' denn mit dem Kind? Warum spricht es nicht? Warum du nicht sprichst, frag ich? Kannst du nicht sprechen?

Das Kind sagte nichts.

– Biste erschöpft?

Das Kind antwortete nicht. Es vergrub den Kopf in Lees Schoß, es wirkte verstört. In der Stadt hatten sie es ihm stärker kaputtgemacht, als befürchtet. Lee hatte es noch nicht wieder heilbekommen, hier draußen.

– Ihr könnt hier wohnen, solang ihr wollt. Schwierige Zeiten, da hält man zusammen. Oder, Großer?

Das Kind antwortete nicht.

– Was ist? Sprichste nicht? Biste stumm?

– Was soll das?, sagte Lee. Es kennt dich nicht.

– Morgen zeig ich dir was, Großer, dann wirste mich kennenlernen!

– Mach ihm keine Angst.

– Ich mach ihm keine Angst. Ich zeig ihm nur was. Ein Versteck.

– Ein Versteck?, fragte das Kind nun vorsichtig.

– Na, siehste. Weiß ich doch, dass ein Kind so was interessiert.

– Du? Was weißt du denn noch von nem Kind?

– Ein Fuchsbau. Sind Junge drin. Die Fähe hat eben gejungt. Aber jetzt sing ich dir was, Großer, bis du schläfst.

– Hör auf, es Großer zu nennen. Es ist fünf.

Das Kind hob den Kopf und sah Lee an, als wolle es sich vergewissern, dass Lee lebte, dass es selbst lebte, dass Lee es wahrnahm, dass es nicht allein war. Lee barg es in seinen Armen, wiegte es, als der Vater zu singen begann.

Siehst du die Feuer verglimmen bei Nacht, siehst du am Himmel die Sterne?

Das Kind lag bewegungslos in seinem Schoß, die Augen geschlossen, aber es schlief nicht, Lee merkte es an der Atmung, die sich von der Schlafatmung unterschied. Es war, als gebe es sich noch den Befehl zu atmen. Als atme es noch nicht von selbst. Und doch wurde es ruhiger, mit dem Gesang.

Schoschonen am Feuer, ein Krieger hält Wacht, die Büffel, sie stampfen von Ferne.

Lee kämpfte an gegen die Bilder, vergeblich. Er sah sich am Dachfenster stehen, neben der trunken schlafenden Mutter, in der totgeatmeten Luft, draußen das Mondlicht, die Jagdstrecke der toten Frischlinge, Bachen und Kühe, der Ricken und Böcke.

Hoa, hoa, der Nebel zieht. Hoa, hoa, der Büffel flieht.

– Sie sagen, du hätt'st die Tiere für Geld hingemacht, sagte Lee, als das Kind endlich atmete, wie es nur atmete, wenn es schlief.

– Wer? Wer sagt das?

– Wachter. Krystof.

– Und das glaubste? Was Wachter sagt, ja? Der war krank, wie sein oller Gaul auch. Die war'n alle krank, da. Die Ricken, die Stuten. Ich hab sie erlöst.

– Verkauft hast du sie. Ihre Felle. Für Wodka. Für Mutter. Für Geld.

– Wachter hat sie verkauft. Hat sie bei Nacht über die Sydow geschifft. Ich hab's nie für Geld getan. Nie!

– Aber wofür dann? Wofür hast du's getan? Warum hast du sie alle hingemacht?

– Sie hätten doch nur gelitten.

– Du hast uns nachspioniert, nach dem Kanucamp. Ging's darum? Dass Marjuscha nicht einzieht? Darum das große Gemetzel?

Der Vater stand auf, umrundete auf dürren Beinen das Feuer; sowie er Lees Seite erreicht hatte, kniete er sich vor ihm auf den schwarzen Asphalt.

– Es ist kein Land für Kinder! Es ist nicht die Zeit!

– Steh auf, sagte Lee.

– Sie sind's, die verrückt sind! Ich werd's dir beweisen, es ist alles aufgenommen. Manches is' schon hochgeladen, andres fehlt noch. Wenn alles raus is', werden sie die Fabrik schließen, die werden mich auf Händen tragen. Wir müssen an die Öffentlichkeit damit, aufrütteln die Leute, das müssen wir, es fehlt nur noch ein letzter Hingucker. Ein letzter Hingucker, den sie nicht mehr ignorieren können. Dann isse dicht!

Lee wurde übel; er fühlte sich vom Geruch des allseits schwelenden Plastiks, vom Geschmack der verkohlten Joghurt-Steaks vergiftet. Als er dem Vater ins Gesicht sah, meinte er, zwei kleine, glühende Kohlen hätten sich aus dem Feuer gelöst und sich anstelle der Augäpfel in die Höhlen des Vaters gebrannt; sie leuchteten, glühten, rot, wie die

Augen eines Fuchses im Dunkeln, wie die eines Wolfs, eines Werwolfs, inmitten der Nacht.

Später bot ihm sein Vater die eigene Bettstatt in der Kaserne an, sie biete Platz für drei, die Laken seien frisch, aber Lee bestand darauf, am Feuer liegenzubleiben, das Kind in die Arme geschlossen, ihm graute vor dem nächsten Tag. Er nahm sich vor, nicht eine Minute zu schlafen, das Kind nicht eine Minute aus den Armen zu lassen. Und am Morgen würde er mit dem schlafenden Kind, so schnell er konnte, von hier verschwinden.

Das Kind war vaterlos zur Welt gekommen, auch wenn Lee ihm dabei geholfen hatte, Marjuscha unsinnig angelernte Atemhilfen zuhauchend, von der endlosen Folge wechselnder Schwestern und Hebammen im Innersten tyrannisiert. Er war nicht in der Lage, Vater zu werden, solange Marjuscha ein Pulsoxymeter am Daumen klemmte, solange er akustisch wiedergegebenen Herztönen lauschte, er hatte sich anstecken lassen von der allgegenwärtigen Besorgtheit, die zwischen den Geräten und Bildschirmen im Kreißsaal lastete, das Licht nicht abgedunkelt, sondern neonhell, einer angeblichen Komplikation wegen, die dann nicht eingetreten war. Er hatte seinen Sorgen nur kurze Pausen gewährt, als das Kind tatsächlich auf Marjuschas Brust lag, als er es erstmals hielt, einmal halten durfte, wie sich das dem örtlichen Jargon nach nannte, als das Kind erstmals nach seinem Finger griff.

Dann kam die nächste Hebamme, maß und wog, dann kam der nächste Arzt, fragte und schnitt, und seine Tränen blieben in ihren inwendigen Gängen stecken, und dort steckten sie noch heute.

– Was hat es für einen seltsamen Punkt auf der Haut?, hatte er die Hebamme gefragt. Muttermal? Krebs? Hämatom?

– Das ist seine Brust.

Lees T-Shirt spannte, wo es mit der verkrusteten Wunde verklebt war, er riss den Stoff von der Haut, die Wunde blutete nach, schien sich aber zu bessern, zumindest floss keine neue Wundflüssigkeit nach. Er hatte das Kind die ganze Nacht an sich gedrückt, ständig hatte es ihm einen Ellbogen in den Hals gestoßen, ein Knie in den entzündeten Bauch. Am Morgen griff er nach dem kleinen, schlafwarmen Körper, seine Hände griffen ins Nichts. Er spürte Sand, darunter gestampfte Erde, einige Steine.

Kein Kind.

Lee sprang auf. Er konnte sich nicht erinnern. Es war absolut nicht möglich, dass das Kind nicht hier war. Es musste hier sein. Er war der Vater des Kindes. Er hatte es die ganze Nacht in den Armen gehalten. Es musste hier sein. In der Kaserne, oder hinter einem der Autowracks. Er rief nach dem Kind. Er öffnete wahllos einige Autotüren und Kofferraumklappen. Nichts. Er schloss die Augen, überlegte. Er rannte zur Kaserne. Durch das Fliegengitter fiel staubiges Licht auf den Holzboden im Flur.

Kein Kind.

Erst später, in Marjuschas Wohnung in der Stadt, ohne Hebamme, ohne Arzt, waren erste Ahnungen vom Vatersein aufgekommen, hatten ihn vorsichtig aus der Erstarrung gehoben; er hatte Marjuscha das Kind aus dem Arm genommen, wenn sie es nicht beruhigt bekam, er hatte einen speziellen Griff entwickelt, ein sanft an Höhe gewinnendes Schaukeln, führend und frei, beinahe schon eine kleine Zeremonie, und das Kind, derart allem irdischen Leiden enthoben, war augenblicklich still.

Noch immer keine Stimmen. Noch immer kein Kind. Bilder drängten sich auf, die stärker waren als alle Vernunft. Er, mit Kopfschuss im Luch. Er, ertränkt in der Sydow. Wenn er sich tötete, bliebe ihm der Verlust des Kindes erspart. Es kostete ihn beinahe physische Kraft, die Bilder fortzuwischen, anderen Bildern Platz zu machen. Das Kind, angelnd neben seinem Großvater, am Ufer des nächsten Binnensees. Das Kind, gelehrig und Fragen flüsternd, auf allen Vieren vor dem Fuchsbau, von dem Lees Vater gesprochen hatte.

Er ging vom Flur in die Kaserne, wurde von Finsternis umschlungen, rief nach dem Kind. Er war der Vater des Kindes. Das Kind war nicht hier. Er rang den Puls nieder, indem er atmete, eine

Weile nur atmete, das Zittern wich nicht aus seinen Gliedern, er schob eine schwere Plastikplane vor dem Fenster beiseite, mit der das Zimmer verdunkelt war.

Das Tageslicht erhellte die feuchten Ecken und Winkel. Ein Elektroherd. Ein Kühlschrank. Auf dem Boden billige Schalbretter. Penible Ordnung auf einem Campingtisch, ein Klappstuhl. Das Bett des Großvaters, am anderen Ende des Raumes, leer, die Laken sauber um die Matratze geschlagen. Vor einem Allesbrenner ein Stapel durchgehackter Birkenscheite. Ein runder, metallener Wassertank.

Er hob die Matratze an, als könne sich das Kind darunter verstecken. Es hatte sich gern versteckt, als Marjuscha noch bei ihnen war. In der Stadt hatte es sich hinter die Waschmaschine geklemmt und sich unter Kissen vergraben und tapfer geschwiegen, wenn Marjuscha und Lee es nicht entdeckten. Wenn das Spiel allzu lang andauerte, hatten Marjuscha und er sich unsinnige Sorgen gemacht.

Er rief nach dem Kind.

Er ging nach rechts, er ging nach links.

Er dachte nach.

Er sah auf sein Handy, er hatte die Nummer seines Vaters nicht. Wütend warf er das Gerät zu Boden, das Display splitterte auf.

Er rief nach dem Kind.

Das Lied am Feuer. Die wirren Worte des Vaters. Die Tiermehlfabrik stehe kurz vor der Schließung. Das Kind, das zuckend auf Lees Schoß eingeschlafen war, zusammengerollt wie ein verängstigtes Tier. Vor dem Schlafengehen hatte ihn sein Vater beschworen, etwas mit ihm aufzubauen, einen Handel mit den Autowracks, von dem Geld wollte er eine Zuleitung graben lassen, eine Aufzuchtstation aufbauen für die kranken Tiere, fließend Wasser, ein Schlachtbad einbauen für die, die's nicht schaffen, Fliesen legen, die Fliesen wollte er selbst brennen, er hatte Lee selbstgefertigte Muster gezeigt. Wildtiere, Böcke, Ricken, das ganze Zeug.

Was, wenn der Vater allein mit dem Kind über die Sydow setzte, rüber nach Lunewin, rüber nach Ostip? Was, wenn Lee schon nicht mehr hinüberkam?

Er versuchte, sich die Tränen aus den Augen zu reiben, er sah nicht durch. Er verstand nicht, wie es so weit hatte kommen können. Sie hatten ihm das Kind kaputt gemacht in der Stadt. Er war sein Vater. Es war seine heilige Pflicht, es wieder heil zu machen. Er hatte einige Male die Geduld mit ihm verloren. Er nahm sich vor, nie wieder die Geduld mit ihm zu verlieren. Er nahm sich vor, das Kind wiederzusehen. Er nahm sich vor allem vor, das Kind, verdammt nochmal, wiederzusehen.

Er öffnete den Kühlschrank und entnahm zwei Dosen Bier. Die Luft kondensierte auf den Dosen, nach dem Klacken des Öffnungsrings trat zischender Schaum aus. Er leerte die erste Dose. Er leerte die zweite Dose. Er meinte Stimmen hinter der Tür zu hören, die ins Nebengelass führte. Er griff nach der Klinke, verschlossen. Er rannte in den Hof, hebelte die Axt aus dem Spaltklotz, kehrte zurück in die Kaserne und schlug die Tür ein. Das Blatt splitterte entlang der Maserung, Lee zwängte die Axtschneide in den Riss, hebelte Holzfasern heraus, klopfte die verbliebenen Zacken aus der Rahmung.

Er stieg durch die Tür, atmete Benzingeruch ein. Entlang der Wand standen einfache Kellerregale aus Metall. Wieder meinte er, Stimmen zu hören, diesmal hinter sich, in der Kaserne. Er hielt inne. Lauschte. Seine Pupillen waren geweitet, so dass er sich endlich in der Dunkelheit orientieren konnte. Der gesamte Anbau bestand aus einem einzigen, breiten Flur, der beidseitig mit Metallregalen gesäumt war. Er schritt die Regale ab, fasste nach den Knöchelchen und Schädelchen, die weiß und fahl darin aufgebahrt lagen.

Iltiskrallen und Kranichfüße, Fasanenläufe und Hühnerzehen, Schwanzwirbelknochen von Mäusen, Grabpfoten von Dachsen, Hüfthöcker von Hirschkühen, Waschbärspeichen, Rehkreuzwirbel, Kranichgabelbeine, Schulterblätter und Rippenbögen von Wildschweinen, teils auch vollständige, sauber gelegte Skelette von Hermelinen, Mauswieseln und Feldhasen, mit Vorder- und Hinterfußwurzeln.

Der Benzingeruch verursachte ihm Kopfschmerzen, doch er fand keinen Kanister. Lee wusste nicht, was das zu bedeuten hatte, aber er ahnte, dass das, was er sah, mit dem, was er nicht sah, verbunden war. Am Ende des Flurs stieß er gegen eine stockfleckige Matratze, darauf ein massiger Wildschweinschädel mit wohlgeschwungenen Hauern, ein ledriges Stück Skalp auf dem Kopf, darauf wie gekämmt liegende, einzelne Grannenhaare. Statt Kissen oder Decken ruhten Kleinknochenteile auf der Liege, die Lee nicht näher bestimmen konnte, Innenohrknochen oder Mittelhandschwingen vielleicht, hunderte, tausende, teils gebrochen, teils intakt, und deutlich zu einer Bettstatt gefügt.

Dann fand er eine gewissenhaft geführte Kladde, er schlug sie auf. *Großer Atlas kleiner Verluste*. Das stand handgeschrieben auf dem Vorsatzblatt. Das Heft begann mit A. Abelmoschus esculentus. Abronia umbellata. Agathidium Buschi, Aegithalidae. Antechinomys laniger. Abutilon. Acalypha. Acanthomintha ilicifolia. Neben jeden Eintrag hatte der Vater eine feine Bleistiftzeichnung gesetzt, von Wunderblumen und Beutelsäugern, von Mäusen und Malven, von Schwanzmeisen und Lippenblütlern, von Hülsenfrüchten und Schwammkugelkäfern.

Lee blätterte.

B.

Bacopa rotundifolia. Baldellia ranunculoides. Baptisia. Barbarea. Bernicka jubata. Baeolophus. Bartsia alpina. Botaurus.

C.

Canis lupus. Canis rufus. Canis aureus.

Bei F. (Fagopyrum esculentum) brach das Werk ab.

Lee schlug die Kladde zu und legte sie vorsichtig wieder ab. Dafür die Knochenkathedrale? Für eine Inventur des Luchs?

Vor der Liege standen technische Geräte, Netzteile, Laptops, Akkus, Kabelschlaufen, eine Webcam. Lee ging in die Knie. Durch die eingeschlagene Tür fiel ein Lichtkorridor, in dem der Staub stand und der einige Meter vor der fleckigen Matratze endete. Lee klappte den Laptop auf, die Kühlung begann zu rauschen, auf dem Bildschirm erschien das Apple-Logo, dann hatte er Zugriff auf den Desktop.

Er setzte sich auf den Rand der Matratze, ohne die Knochen zu berühren, und nahm den Computer auf den Schoß. Er sah sich die Filme an. Tote Tiere, mit dem Tod ringende Tiere, sterbende Tiere. Tiere, die zuckten und sich aufbäumten, Tiere, denen Schaum zwischen den Lefzen hervorquoll. Tiere, die in der Sydow trieben, tot. Tiere, denen blaue Zungenlappen aus dem Schlund hingen. Er klickte Film um Film an, betrachtete sie im Schnelllauf.

Auf einmal ein alter Gaul. Janusch. Die Kamera nicht vom Vater gehalten, sondern durch einen Dritten, oder auch nur in einer Astgabel abgestellt. Der Vater, der den Gaul umarmt, dem Gault tritt Schaum aus dem Maul. Die Wiese hinter Wachters Bungalow. Eine rote Wollmütze, die hinter dem Weidenzaun wippt. Stille. Wiehern des Gauls. Stille. Der Vater, der Janusch sanft zu Boden drückt, ihn ohne Vorwarnung, aus nächster Nähe, aus kaum einem Gewehrlauf Abstand, mit der Sauer erschießt. Der Gaul, der zusammensackt, der Vater, der das Tier in den Tod streichelt. Der Vater, der weint. Dann geht er aus dem Bild. Die Kamera wackelt. Filmt aber weiter. Das Pferd ist tot. Die Koppel leer. Dann ein Schnitt, deutlich erkennbar am neuen Einstellungswinkel, dann ein Zoom auf die Flanke von Janusch, die auf einmal Brandmale und andere Verletzungen trägt. Eine rote Wollmütze, die aus dem Fokus verschwindet.

Im nächsten Film ein Ortswechsel. Lees Vater allein auf der anderen Seite der Sydow, im Lunewiner Luch. Ein klarer Frühlingsmorgen, surrende Gewitterfliegen im Gegenlicht, gleißendes Grün. Eine Oase der Stille, der Klarheit und Fruchtbarkeit. Das Sydowwasser frisch, durchsichtig bis auf den bekiesten Grund. Feine, im Wasser wogende Laichkräuter. Dann die Schemen der Tiermehlfabrik. Zoom auf das hiesige Ufer. Auf dem Wasser schimmernde Benzinlachen. Ein trudelndes, schwarzes Bündel, das flussabwärts treibt.

Vor sich im Staub entdeckte Lee einen rechteckigen Fleck, auf welchem, dem Geruch eines verschütteten Rests nach, der Kanister gestanden haben musste. Lees Puls zog an, schlug ihm gegen das Innenohr. Er wollte anrufen, aber wen, er wollte losrennen, aber wohin, er schloss die Augen, versuchte zu atmen, was ihm misslang. Er sog und sog, aber die Luft gelangte nicht in die Tiefen der Lunge, sie reichte nur knapp den Rachen hinab, wurde schon wieder ausgestoßen, er atmete nicht, er hechelte, er heulte die Luft aus seinem Körper aus.

Er zwängte sich durch die zersplitterte Tür zurück in die Kaserne, ging in den Hof. Die Sonne versetzte ihm einen Schlag aus Hitze und Licht. Die allenthalben umherliegenden Ölkanister begannen in der aufgehenden Sonne zu stinken. Er drückte die Schlafrollen eilig in den Rucksack, die Zugbänder verknoteten sich mit den Schlaufen, er stopfte nach, wurde fahrig, durchtrennte die Knoten mit dem Messer. Er füllte Wasser in die beiden leeren Bierdosen, klemmte sie ins Außenfach.

Dann lief er los.

IV.

ER HATTE BLUTGESCHMACK IM HALS, stützte sich auf den Knien ab, wollte ausspucken, sein Rachen war zu trocken. Vor seinen Stiefeln umkreisten Feuerwanzen einen toten Hirschkäfer, trugen die rechte Zange ab und schafften sie gemeinschaftlich davon. Schweiß rollte Lee von der Stirn und fiel auf den Hirschkäferrest. Lee rannte seit Stunden, über selten befahrene Sandwege, die keine Spurrillen aufwiesen, keinen trittfesten Grund. Immer wieder war er im Sand ausgeglitten, immer wieder hatte er sich in den flankierenden Berberitzen und klebrigen Labkräutern verfangen, leise fluchend, leise schwitzend, der Puls dröhnte ihm in den Ohren.

Er bekam den Blutgeschmack nicht aus der Atmung, nicht aus dem Mund, er trank warmes Wasser aus der Bierdose, das nach Blech schmeckte, die Welt war blechern geworden, dumpf, ohne Widerhall. Er rannte weiter durch den Sand, der ihn eingrub beim Gehen, der nach seinen Sohlen gierte, Mulden für sie freigab, kleine Gräber auf Schritt und Tritt.

Als sich die Luchplatte sanft zur Sydow anhob, was das Gehen im Sand weiter erschwerte, rollte ein endloser Zugverband voller Neuwagen über den Bahndamm, Richtung Westen, silbrige Kombis, auch Lee ging nun nach Westen, erstmals seit Monaten zurück nach Westen, er nahm an, dass er auch deshalb so beschwerlich vorankam: der falschen Himmelsrichtung wegen. Die Heilung seines Nabels immerhin war vorangeschritten, die Wunde hatte eine feste Kruste gebildet; sein Vater wusste scheints, was er tat.

Vor den Toren von Zeetz versperrten Dutzende Jugendliche die Zufahrtsstraße. Ein gelber Lieferwagen stand quer in der Ortszufahrt, aus der Fahrerkabine drang die Stimme eines Radiomoderators, einige Jungen und Mädchen saßen auf den verschlissenen, ausgebauten Sitzen und rauchten, tranken Bier. Lee überlegte, änderte seinen Plan, stieß nicht von Westen auf die Dorfstraße, sondern blieb unterhalb des Bahndamms, im Schatten des Brückenkopfs, den Resten einer Brücke, die im Krieg gesprengt worden war.

Er schnürte den Rucksack enger und hangelte sich zum Straßenniveau hinauf, sprang vom Brückenkopf auf die Hafenplatte. Dort standen mehrere Dutzend Autos mit städtischem Kennzeichen, kreuz und quer hintereinander geparkt. Türen und Kofferraumklappen waren weit geöffnet, aus den Wagen tönte ringsum derselbe Radiosender, der dazu aufrief, den Hafen zu blockieren, und kämpferische Lieder spielte, Lee verstand den Moderator nur bruchstückhaft.

Auch das Wasser im Hafenbecken war mit einem Benzinfilm überzogen, der in der Sonne schillerte. Inseln aus Schaum und Schwären saßen auf dem Wasser wie tote Schwäne. Lee stand neben der Heckklappe eines Polos. Unter der filzenen Trennwand lagen das Ersatzrad, der Wagenheber, das Notfalldreieck. Nur der Verbandkasten war entnommen. Vorn, im Handschuhfach, steckte ein Geldbeutel mit mehreren hundert Euro. Er zählte das Geld und legte es zurück. Der Golf davor, der dritte, vierte, fünfte Wagen, alle boten dasselbe Bild. Aufgerissene Heckklappe, entnommener Verbandkasten, sonst waren die Wagen unangetastet. Die Jungen und Mädchen, die all diese Wagen aus der Stadt hergefahren hatten, lungerten am Dorfeingang, wo sie in der Sonne dösten, lustlos oder bereits betrunken.

Die Abfahrtstafel am Fährableger war aus ihrer Halterung gerissen und dümpelte in der Sydow. Die Fähre lag nicht an. Ab der Flussmitte, zum Lunewiner Ufer hin, klarte das Wasser auf, am gegenüberliegenden Fähranleger grünten Birkenkronen und tollwüchsige Lianen. Das Kind würde wieder trinken können. Lee würde eine Sasse ausheben für das Kind, einen Kobel aufschichten, er würde es nähren und lehren und schützen.

Doch der Schlagbaum schien für immer heruntergelassen. In dem Moment, in dem Lee begriff, dass er auf der falschen Spur war, sirrte der Stein einer Zwille über ihn hinweg, nicht von den Jugendlichen am Dorfeingang abgeschossen, sondern von jemandem auf der anderen Seite der Sydow, das Geschoss pfiff über seinen Kopf hinweg und krachte gegen eine der Motorhauben, viel zu spät duckte er sich.

Doch es blieb bei dem einen Stein.

Die nächste Fähre, die noch in Betrieb war, fuhr in Ostende, gut dreihundert Kilometer östlich von Zeetz. Lee war noch nie auf der anderen Seite gewesen, Marjuscha hatte ihm ihre Eltern nie vorgestellt. Sie lebten nicht in den Auen, sondern weiter im Osten, Lee hatte nur eine vage Vorstellung von einem Landstrich, in dem sie die Konsonanten vernuschelten, wie ihre gesamten Leben auch. Endlose Birkenwälder, darin verloren ein Dorf namens Ostip: Gutshof, Gesindebaracke, Meierei, Kohleschlote auf den Dächern, Schlamm auf den Gassen, faulige Äcker hinterm Haus.

Nach der Geburt des Kindes hatten Marjuschas Eltern eine hilflose Glückwunschkarte in Vertriebenendeutsch geschickt, die Marjuscha nicht beantwortete, sie hatte den Kontakt zu ihnen abgebrochen, nachdem sie in die Stadt gezogen war. Ein bigottes Paar, das in den Wäldern haust – das war alles, was Marjuscha über ihre Eltern bekannt gab. Lee hatte angenommen, dass Marjuscha noch genügend Zeit bliebe, ihre Strenge ihrer Familie gegenüber zu überdenken. Er nahm an, dass man unter dem Eindruck derart gegen die eigene Familie gerichteter Strenge besser nicht starb.

Am Abend stand der Phosphatnebel im Gegenlicht, winzige, rötliche Tropfen, eine sanfte Haube auf dem wogenden Luchgras, auf fein gespreizten Grannen, Fruchtkörpern, Distelkörben, Korbblütlern, Flughafer, segelnden Pollen; das Luch wie übersponnen und eingewebt.

Lee sank auf die Knie, in einer unbestimmten Weite, an einem Ort, den er niemals zuvor aufgesucht hatte, weitaus östlicher als seine östlichsten Vorstöße ins Luch je geführt hatten, einem Nichtort aus kniehoch kriechenden Springkräutern und Ampfern, Wegerichen und Schafgarben, aus flusswassergefluteten Feldaugen, trichterförmigen Vertiefungen, um welche Rohrkolben und Sumpfschilfgräser wuchsen, aus Rohrdommeln und Blesshühnern, die sich um die nährstoffreichsten Geißblätter zankten, flügelschlagend, federnlassend, zu Todesvögeln gerupft.

Im Westen legte die Sonne ein Farbwerk hin, zu dem sie ohne künstlichen Nebel nicht in der Lage gewesen wäre, leuchtende Gelbtöne über dem Boden, nach oben hin rötlicher werdend, und dann, wo die Gase nicht hinlangten, ein beinahe schwarzes Band, das den restlichen Himmel markierte, die Stratosphäre, das Universum, den ganzen, nutzlosen Weltenrest.

Mit der Dunkelheit kamen die Flughunde, sausten mit schräg gestellten Flügeln zu nah an ihm vorbei, Lee sah ihre angelegten Füße, ihre kindlichen Nasen, die kleinen Monsteraugen, sie schürften mit ihren gezackten Flügelspitzen über das Polyethylen seiner Schlafrolle, als wollten sie der Rolle die Eingeweide entreißen. Er sank in Schlaf, wachte auf, die Brust zu eng, als dass Atem in nennenswertem Ausmaß hineinginge, der Magen ein Stein, unter den Achseln und auf den Handflächen kalter Schweiß.

Irgendwann, nach einem qualvollen Zwischenraum zwischen Schlaf und Nichtschlaf, Zeit und Nichtzeit, nutzloser Verschwendung zur Suche bestimmter Stunden, stieg am Osthimmel der volle Mond auf, und in seinem Licht flogen wie besoffen die Flughunde. Silbern wogte das Steppenkorn, auf dem das Kind wie auf einem riesigen Fangtuch niederging, von höchster Ordnung geworfen, endlich aufgefangen, endlich gebettet; es wurde noch einmal emporgehoben, bis sich das gräserne Tuch über dem Kind zur Decke schloss.

Lee versuchte, sich mit dem Drehen einer Zigarette, dem Zwirbeln von Tabak, zu beruhigen, er bekam den Rauch nicht hinunter. Die Zigarette knickte ab und fiel mit einem kleinen Glutregen ins Luchgras. Er trat nach der herabgestürzten Glut, doch der trockene Unterboden fing Feuer, welke Birkenblätter, vertrocknete Moose, verholzte Halme. Lee stand auf und trat auf die glimmenden Gräser, es qualmte, und mit jedem Flämmchen, das er austrat, loderte wenige Zentimeter daneben ein neues auf. Am Ende, als alle Glutnester ausgetreten waren, stiegen auf einer Fläche von beinahe einem Quadratmeter kleine Rauchfahnen auf.

Er benötigte immer mehr Kraft, Tag und Nacht voneinander zu trennen, Wachsein und Schlaf. Seine Hände begannen öfter zu zittern. Die schwindenden Kilometerangaben auf den Grenzsteinen sagten ihm wenig. Zweihundertelf Kilometer bis Ostende, war das viel? Er ging durch den Raum, als ziehe ihn ein Laufband in die entgegengesetzte Richtung, einzig das Wetter blieb klar, die hellen, trockenen Tage der östlichen Savanne, versandende Trittpfade des Wilds, Sand, der zwischen Wurzelballen und unter Findlingen hervortrat, je weiter sich das Wasser im Luch absenkte.

Nachts stand er jetzt wieder öfter vor ihrer Wohnung am Stadtrand, sein Vater hatte die Mutter soeben in Betreuung gegeben. Er fühlte sich vom Vater verraten, damals, wartete nun vor einem zwölfstöckigen Mietblock, auf den Marjuscha so stolz war, vor den Briefkästen, aus denen Menschen in Bundfaltenhosen Wurfsendungen zogen und ihn grußlos musterten, bis sie endlich nachhause kam.

Sie werde ihm eine Ecke im Wohnzimmer richten, die könnten sie abtrennen, mit einem Regal, das sei dann sein Zimmer, sie könnten eine zweite Matratze kaufen oder eine größere, oder sie schliefen einfach aneinandergeschmiegt auf der schmalen, sie hörte nicht auf zu sprechen, ihre Aussprache war in den wenigen Monaten städtischer geworden, das R weniger gerollt, und als sie ein viel zu herbes Bier trank, zog sich in Lee etwas zusammen, und am Ende verbrachte er die erste Nacht in der Stadt nicht auf ihrer Matratze, sondern auf einer windigen Parkbank zwischen den Mietblöcken, an einem Angelteich.

Als er einmal aufschreckte, in einen Moment schalen Bewusstseins hinein, war die Haut seiner Wangeninnenseiten ein Relief aus Zahnabdrücken, Wunden und länglichen Fetzen, die er vergeblich mit der Zunge herunterzuschaben versuchte. Er führte Daumen und Zeigefinger in die Mundhöhle, fischte nach den im Speichel schwimmenden Häuten und zupfte sie von der Wangenwand, er spürte keinerlei Schmerz.

Die zweite Nacht verbrachte er dann mit ihr, sie sagte, er sei gieriger geworden, er konnte es nicht fassen, dass niemand zuhörte, niemand zusah, Krystof nicht und nicht sein Vater, nach viel zu kurzem Schlaf küsste Marjuscha ihn, nun auf den Mund, dann brach sie zur Arbeit auf. Lee wartete auf sie, auf der Bank am Angelteich, anfangs angelte er noch einige Stunden, dann trank er Bier und angelte, dann trank er Bier und angelte nicht mehr. Bis der Fisch auch nur ausgenommen war, hatte Marjuscha schon ein tiefgefrorenes Schlemmerfilet in den Ofen gesteckt, à la Bordelaise, Fanggebiet siehe Seitenlasche, fünfundsiebzig Prozent Fisch.

Sie konnte ihm nicht vorwerfen, er habe es nicht versucht. Er hatte sich auf die Suche nach ihren Adressen gemacht. Forstamt. Gartenamt. Sie konnte ihm nicht vorwerfen, er habe es nicht versucht, er hatte nur nichts gefunden. Die Stadt bot Raum für alte Menschen und junge Menschen, Raum für Singles und Familien, die Eis aßen oder Kuchen oder sich anschimpften, und keinen Raum für ihn.

Er hatte nie trinkend unter einer der Schnellstraßenbrücken auf ihren Feierabend gewartet.

Hier irrte Marjuscha, das hatte er nicht.

Als er am Morgen aus seinen Träumen erwachte, stand ihm sein Glied nutzlos im Weg. Wär alles nich' so weit gekommen, wenn wir an der Sydow geblieben wär'n, sagte er sich. Er frühstückte, ohne aus der Schlafrolle zu steigen, klappte das Toastbrot trocken zusammen, den letzten Wels hatte er vor Tagen verspeist. Er faltete die Schlafrolle in den Rucksack. Er betrachtete die heilende Wunde an seinem Bauchnabel. Dann brach er auf. Vor dem Sydower Belt lag eine letzte Furt, wenige Tagesmärsche vor Ostende, das angeblich auch nur aus einem Zollhaus, einem Gasthof und einer verfallenden Bettfedernfabrik bestand. Wenn sein Vater mit dem Kind über die Grenze wollte, würde Lee sie dort finden.

Er hielt das Handy in die Sonne, bis das Display aufleuchtete, entsperrte es mit dem Daumen, suchte neue Videos auf Youtube, doch der Vater hatte keine online gestellt.

Am dritten Tag nach dem Verschwinden des Kindes stieß Lee wieder auf die Ricke. Aus ihrem Maul hing ein mächtig angeschwollener Zungensack, ein teigiger Schlundlappen, wie aufgeblasen, er wirkte, als könne er jeden Augenblick aufplatzen und in böse Materie zerstäuben.

Das Tier, dem er im Winter die Mutter weggeschossen hatte, war kein Kitz mehr, es war selbst erwachsen geworden, hielt zwei Jungtiere an seiner Seite, aber keinen Vater, natürlich keinen Vater; vielleicht war es auch ein anderes Tier. Die Mutter und die beiden Kitze standen, vorsichtig mit den Hufen tastend, auf einem schaumig überspülten Felsplateau in der Sydow, umgeben von Faulgasen, die ein löchriges Meer aus Verpuffungen und Wurfschäumen verursachten.

Die Ricke tastete vor, tastete zurück, fürchtete den Absprung, fürchtete die Faulgase, neckte ihre Kitze mit der Spitze der Schnauze, strich ihnen über die Halsflanken, leckte sie mit ihrer blauen, geschwollenen Zunge, doch die Kitze beruhigten sich nicht, fingen nun auch an zu trippeln, auf dem schorfigen Stein, in immer unsichererem Stand; die Unterströmung war hier stark. Er wollte die erkrankten Rehe an der Querung hindern, stieg vom Deich, näherte sich über einen Buhnenkopf, die Ricke witterte, zitterte, fasste Vertrauen, erschrak dann doch, sprang in die Sydow und wurde davongespült, die beiden Kitze auf dem Felsplateau trauten sich ohne Mutter nicht vom Fleck.

Wie einst die eigene Mutter im Eiswasser tauchte die Ricke ab, tauchte auf, unterlag den Kräften des Stroms, begann zu rotieren, die eigenen Schwimmbewegungen waren zu weich, zu buttrig für die Strudel und Strömungen der Sydow, bis sich die Ricke hinter dem Buhnenkopf im Astausläufer eines Totholzes verfing. Lee atmete aus. Atmete ein. Sah keine Alternative. Nahm den Rucksack herunter und montierte die Sauer, schob die gespannte Kammer in das Gehäuse, setzte das Magazin ein, klemmte eine Patrone unter die Lippen, entsicherte das Gewehr.

Der Schuss traf die Ricke in die Stirn, ihr Kopf schlug in den Nacken, sie bäumte sich auf gegen die schäumende Flut, trieb mit letztem Bellen davon, bis das Bellen in einem Gurgeln erstarb. Die beiden Kitze, die auf der Felsplatte zurückgeblieben waren, tänzelten aufgeregt hin und her, drangen ins seichte Wasser, als wollten sie der Mutter nachspringen, wichen aber zurück, sowie ihre jungen Hufe auf dem Fels ins Rutschen gerieten, sie bellten nicht, öffneten und schlossen aber ihre Münder, greinten, blauen Speichel lassend, sahen einander an, sahen der Mutter nach, kamen nicht zur Ruhe.

Lee lud durch und legte an. Es war keine Zeit für Waisen. Es war kein Land für Kinder. Er visierte eines der beiden Kitze am Blatt, doch das Tier hörte nicht auf zu tänzeln, sprang ihm aus dem Visier. Er legte auf das andere Tier an, das ebenso unstet vor- und zurücktänzelte, noch immer auf der Felsplatte gefangen. Das Kitz bückte sich unter der Kimme davon, schien sich allein ins Wasser stürzen zu wollen, zuckte erneut zurück.

Er zog am Hahn, mit einem Krachen löste sich der Schuss, knallte auf den Fels, eine kleine Steinstaubfontäne stob auf, die Kitze stürmten aufgeschreckt durcheinander, gruppierten sich am anderen Ende des nassen Plateaus, Lee atmete Pulverdampf.

Er lud, spannte, schoss. Wieder die Felsplatte, der Pulverdampf nahm ihm den Atem. Er watete tiefer in die Sydow, bis er kaum mehr Halt gegen die Strömung fand. Der Sedimentsand gab unter ihm nach, ein Stück der Böschung brach, Lee sank über das linke Knie in die Sydow hinab. Er lud, spannte, schoss. Da, eines der Kitze schleuderte den Kopf zur Seite, war durch die Wange getroffen, es rieb sich die Wange am Hals, als säße dort eine Fliege, dann sackte es über die Vorderläufe auf die Felsplatte. Lee lud, schoss, traf das andere Kitz in die Brust. Es erstarrte, schauderte, stürzte dann um, auf seinen Bruder, die Tiere traten sich gegenseitig in die von Schrunden befallenen Leiber.

Niemand würde die Kitze häuten, aufbrechen, zerlegen, ihre Innereien den Wildvögeln darbieten. Er würde es nicht tun. Niemand würde es tun. Er würde tiefer in den Osten gehen, bis es tiefer nicht ging. Er würde das Kind finden. Er war sein Vater. Ein Vater fand immer sein Kind. Das Wasser der Sydow roch verdorben. Der Weizen, auf der anderen Seite des Deichs, war von der Sonne verbrannt.

Als die Glieder der Tiere nicht mehr zuckten und erste, anlandende Wellenkronen gegen die Hufe schäumten, sicherte Lee das Gewehr, nahm es auseinander, die Kammer aus dem Gehäuse, setzte das Magazin aus, reinigte das Rohr. Eine lange nicht dagewesene Hitze hatte ihn übermannt, eine Hitze, die er früher nur gekannt hatte, wenn er bei Marjuscha gelegen hatte, noch an den kältesten Tagen, an einem uneinsichtigen Auenrand; mein kleiner Ofen, hatte sie dann gesagt, du läufst wieder heiß.

Er krempelte die nasse Jeans nach oben, an den Falzkanten sprengte Dreck herab, er zertrat die braunen Plättchen zu Staub. Die Sonne heizte die Sydow auf, entzog ihr neue Gase, die auf dem

Gewässergrund Blasen bildeten, den Brackschlick durchwanderten, Algenflor und Oberwasserplankton durchstiegen, um dann in immer satteren, obszönen Platzgeräuschen an die Luft zu gelangen.

Ab Kilometerstein hundert endete die Teerschicht auf dem Deich. Es folgten vertrocknete Gräser, Mieren und Ranken, vergilbte Ampfer, Disteln und Rispen. Ihm war seit Tagen keine Streife des Bundesgrenzschutzes mehr begegnet, auch das Wild machte sich rar. Lee hatte mächtig Lust zu schießen, einen Hasen oder einen Steinmarder, lieber noch Rotwild oder eine dreckige alte Wildsau. Die Vegetation wirkte wie heruntergebrannt von der Sonne, gelb gefärbt, kaum eine Ranke, kaum eine Nessel, die Kniehöhe überstieg, die Festhölzer nur mehr windig in die Höhe geschossene Schnellgewächse, Silberweiden und Zitterpappeln, billiges Holz ohne Brennwert, das papierenen Reisig abwarf, er machte kein Feuer mehr.

Die Auen gewannen an Fläche, je näher Lee dem Delta kam, der Deich querte immer breitere Abflüsse der Sydow, immer weitere Verästelungen und Seitenströmungen, Binnenauen und Nebenfluter, das Land zog sich zurück, das Wasser übernahm, immer übler riechende Schmutzschäume, in denen keine Reiher, keine Störche staksten. Kitzköpfe dümpelten vorüber, führten wippende Totentänze in den Furten auf, von ihren Rümpfen durch die Gewalt der treibenden Massen getrennt. Autoreifen zogen vorbei, daneben in schwarze Folien gewickelte Bündel unkenntlichen Unrats. Benzinlachen, die in den Schäumen trieben, ungekannte Emulsionen und knisternde Reaktionen bildeten, eine Flusslandschaft voll ungebundener, zerstörerischer Kräfte, die auf ein finales Ausreagieren, ein letztes Ineinanderströmen, den Urknall warteten oder den Endknall, was wusste Lee schon davon.

Vierundachtzig Kilometer vor Ostende gelangte er an eine kleine Tankstation, die über nur einen Zapfhahn verfügte. Die Station stand auf dem Gelände einer ehemaligen Produktionsgenossenschaft, die zu einem Reifenlager geworden war, über den Reifen zog die Luft in der Hitze Schlieren. Der Zapfhahn war ausgehängt und lag auf dem sandigen Boden. Das Zählwerk der Armatur lief mechanisch, stammte aus Ostzeiten, es stand auf sechshundertsechsundsechzig Euro und zwölf Cent, wobei die letzte Sechs bereits so weit nach oben gedreht war, dass sich der Querbalken der nachfolgenden Sieben sehen ließ.

Das Empfangsgebäude der Produktionsgenossenschaft war eingeschlagen, die Tür hing schief in den Angeln, die Zarge aus Holz war gesplittert. Nur die Schranke war unversehrt. Er bückte sich unter ihr hindurch und zwängte sich am Türblatt vorbei in den kleinen Empfangsraum. Regale und Ständer boten zerfledderte Zeitschriften und erotische Magazine an. Er nahm eines der Magazine heraus, doch die besten Bilder, schien es, waren bereits herausgetrennt.

Er verließ das Gelände und kehrte zum Bahndamm zurück, der hier einige Kilometer parallel zum Deich verlief, legte das Ohr auf die Schienen, doch es fuhren keine Züge. Er hielt sein Handy in die Sonne, bis das Display aufleuchtete, entsperrte es. Er rief Youtube auf, die Verbindung stand schnell. Seine Sucheingabe führte zu siebenundvierzig Videos. Lee scrollte sie nach unten, stieß auf mehrere Videos der Jungen und Mädchen, die den Hafen besetzt hatten. Ein weiteres Video beklagte Kinderarbeit am Mekong in einer Turnschuhfabrik namens Sü-Dó.

Dann fand er das Video.

Das Thumbnail zeigte das bläulich schimmernde Gesicht des Kindes. Lee klickte darauf. Der Großvater des Kindes filmte steigende Pegel, satte Ströme, schillernde Lachen aus Benzin. Er filmte das Kind. Er filmte sich selbst. Lees Vater sagte: Wir wissen, dass die Sydow bis in die Kanalisation der Stadt drückt. Keiner spricht davon, jeder weiß es. Bei Ostwind steigen die Werte. Aber was machen wir? Weitertrinken. Weiteratmen. Wir hoffen auf Westwind. Bei Ostwind gibt es keine Möglichkeit zu entkommen. Es gibt nur ein Mittel, das hilft, denn ausgerechnet Benzin –

Eine Böe rauschte über das Mikrofon, das Satzende blieb unverständlich. Der Vater sagte: ... bereits mit dem Einleiten von Klärschlämmen in die Sydow. Hunderte heimische Wasservogelarten sowie unzählige Wasserorganismen, die noch nicht einmal bestimmt sind. Doch sie befällt nicht nur Tiere und Pflanzen, sie befällt auch uns. Der Vater schwenkte um, fokussierte das Kind. Es stand klein und grau inmitten der Wasser des Deltas. Es war unsicher, was es tun sollte. Versuchte zu lächeln. Lee hielt das Video an. Übelkeit stieg in ihm auf. Das Handy glitt ihm aus der Hand, das Display war nun endgültig zersplittert.

Er sah nach, wann das Video ins Netz gestellt worden war. Vorgestern. Wie oft es angeklickt worden war. Drei Mal. Drei ganze Mal? Er dachte nach. Er zwang sich, das Video zu Ende zu sehen. Es folgte nichts als eine Nahaufnahme des lächelnden Kindergesichts. Erst in der Nahaufnahme bemerkte Lee, dass das Kind beim Lächeln weinte.

Er passierte den nächsten Kilometerstein. Fünfundsechzig Kilometer bis zum Delta. Die Dämmerung senkte sich auf die Auen wie ein feinmaschiges Netz, erschwerte Lee das Entkommen, band ihn zusammen mit farblosenUfersträuchern und dem Auswurf vertrocknender Kröten. Schatten sprangen hinter den Weiden hervor, zu kraftlos, ihn zu erschrecken, er hörte den Sand unter den Sohlen, er hörte die Eulenvögel, die klangen, als würden sie aus tothölzernen Astgabeln kippen, ein viel zu warmer Wind strich ungebremst durch die Nacht und die Weite, und Lee kreuzte die Arme vor der Brust, er nahm an, dass er fror.

Auf der Sydow schwammen seit einigen Kilometern weniger Gärschlämme, kaum noch schwefelnde Emulsionen; immer größere Lachen taten sich auf, in denen reines Wasser zu sehen war, reines Sydowwasser, überzogen nur noch mit einem matt schillernden Film. Die Luft, die von den Ufern herbeiwehte, durch wankende Rohrkolben und ausgemergelte Sümpfe, hatte eine weichere, sanftere Note bekommen. Noch immer aber trieben inmitten der Lachen zuckende Kitze, deren Kämpfe, deren Leben unentschieden waren, blauzüngige Jungtiere, mutterlos, die ihre Väter niemals gekannt hatten, hier starben die Kinder vor ihren Vätern, die als Väter niemals gelebt hatten, auch Lee wusste nicht, wie es war, Vater zu sein; Vater zu sein, das hatte das Land ihm nicht vergönnt.

Das Kind lag tot im Schilf.

Lee wollte es für eines der frei im Kehrwasserschmutz flottierenden Bündel halten, in Folie gewickelt, doch dem Bündel fehlte die Folie, und für ein Neugeborenes war es zu groß.

Der Druck, der seit Tagen auf seiner Atmung lastete, verschnürte ihm die Lunge, er atmete, atmete nicht, empfand Druckschwindel, Fallsucht, schmeckte Blut im Mund und dann platzten die inneren Gänge auf, Tränenkanäle, die sich noch am Tag der Geburt des Kindes zugesetzt hatten, und er heulte und warf sich auf das Kind.

Das Kind atmete. Lee hob es aus dem Uferschlamm, barg es in den Armen und sank mit ihm ins Schilfgras zurück. Das Kind erwachte nicht. Er legte ihm die Hand auf die Stirn. Er strich ihm Dreck aus der Nase. Er hielt seine Lippen vor die Lippen des Kindes und spürte die klamme Atmung und hieß jeden Hauch, der aus dem kleinen Mund hervorblies, willkommen. Seine Tränen weichten die Schmutzkruste auf den Wangen des Kindes auf, darunter lag rosige Haut.

Er würde mit dem Kind über die Sydow übersetzen, es am Nacken packen, es in den Bau tragen. Er würde es wieder heil machen. Er würde ihm einen guten Morgen wünschen, es fragen, wie es geschlafen habe. Er würde dem Kind ein Vater sein. Er würde das passende Land dazu suchen. Und er würde es finden.

Das Kind schlug die Augen auf, von inneren Nebeln benommen, und sah ihn an, wie damals, nach der Geburt, den Blick nicht fixiert, die Augen noch nicht ausgerichtet, das Kind erkannte ihn nicht.

– Ist gut, sagte er zu dem Kind. Ist ja gut. Ich bin bei dir. Alles ist gut.

Das Kind sagte nichts.

Lee bot ihm Milch an, die es ablehnte, bot ihm Beeren an, die es ablehnte, er band sich das Kind auf den Rücken wie ein Junges, faltete die kleinen Arme um seinen Nacken, bot den haltsuchenden, nassen Schuhen Schutz im Beckengurt seines Rucksacks, ging keine zwei Meter den Deich entlang, ohne sich umzusehen, ohne sich zu vergewissern, dass das Kind noch immer bei ihm war, so nichtig schien sein bisschen Gewicht.

Das Kind wurde unruhig, wetzte hin und her in den Gurten, als ob es schlecht träume, er fragte, was ihm fehle, was ihm wehtue, was er für es tun könne, doch das Kind sprach nicht, träumte auch nicht, wetzte nur hin und her in den Gurten, bis Lee es ins Weidengras herabließ, wo das Kind die Arme sofort wieder nach oben streckte. Er nahm es auf, nicht auf den Rücken, sondern vor den Bauch, an den es sich schmiegte, in Lees zur Trage geschlossenen Händen, es drückte die Wangen an seine Brust, und Lees Kinn lag auf dem kleinen, verwuschelten Kopf.

Als die Sonne im Zenit stand und ihm die Sicht und die Sinne raubte, rasteten sie an einem Tümpel im Hinterland, aus dem schwere Tiere gesoffen hatten, Deltabüffel oder Wasserochsen, die ihre Trittsiegel im Uferschlamm hinterlassen hatten, das Meer war scheints nicht mehr weit. Er hatte Angst, das Kind zu entkleiden, ihm die kleine, hart gewordene Hose von den Beinen zu ziehen. Das Kind ließ ihn gewähren, gehorchte seinen wortlosen Anweisungen, hob das linke Bein, hob das rechte, streckte den Arm empor, stülpte sich den Ausschnitt über den Kopf, bis es nackt und voller Schlamm in der Mittagssonne stand und Lee es zu waschen begann. Zwischen den Buchten der Zehen, in den Kniekehlen, entlang der Schenkel, unten, oben, zwischen den Beinen. Er legte den Bauchnabel frei, die kleinen Brustwarzen, die ihn bei der Geburt erschreckt hatten, er wusch das Kind unter den Achseln, diesen kleinen, arglosen Höhlen, brach den Schmutz von Hals und Nacken, spülte ihn von Armen und Ellbogen, Handrücken und Fingerzwischenräumen, pustete Sand aus den Ohren.

Die Zunge des Kindes war blau.

– Riechst du?, fragte er das Kind am Abend, an diesem Abend oder vielleicht auch an einem späteren. Riech doch mal. Riechst du's? Nichts!

Das Kind antwortete nicht.

– Nicht mal ein Spritzfahrzeug! Atme ruhig, du kannst ruhig atmen, wenn du willst.

Das Kind antwortete nicht.

– Wir haben das Schlimmste hinter uns, verstehst du?

Das Kind antwortete nicht.

– Trinken würd ich noch nicht aus dem Fluss, aber du darfst schon mal atmen, schau, ein und aus, soviel du willst. Du musst nie wieder durch dein T-Shirt atmen. Wir haben's geschafft, verstehst du? Wir werden's uns schön machen, wenn wir auf der anderen Seite sind. Wir werden ein Feuer machen. Wir werden keine Fische mehr roh essen. Wir werden dir Milch warm machen. Wir –

Am nächsten Tag schwieg das Kind noch immer. Lee suchte seine Nähe, trug es, wenn er ging, trug es, wenn er aß, legte es auf sich, wenn er schlief, oder vielmehr, wenn er sich schlafen legte, denn in diesen leeren, späten Nächten fand er kaum Schlaf. Nachts, wenn eine Waldohreule ihre tumben Buhlaute in die Auen stieß, krampften sich die kleinen Finger des Kindes enger um seinen Daumen, begann das Kind im Schlaf an dem Daumen zu nuckeln, das Kind nässte sich ein.

Am Morgen gingen sie weiter nach Osten, über feuchte Polder und dann wieder über den verbrannten Trockenrasen der östlichen Steppenvegetation. Feuchtgebiete und Trockenzonen lagen hier dicht beieinander, nicht friedlich im Wechsel, sondern in einem gierigen, auf Ausgleich schielenden Ungleichgewicht, die Trockenvegetation verlangte nach Wasser, und die Faulschlämme der Polder harrten der Trocknung, und das Kind, verdammt noch mal, es sprach nicht mehr.

Nach tollwütigen Füchsen und Katzen, nach Hirschen mit eitriger Nase, befallen von Maulseuche oder von Staupe, nach Steinmardern, die auf drei Beinen humpelten, nach Fellen voller fleischfressender Würmer und Egel, nach räudigen Schweinen, befallen von Rotlauf, begegneten sie einem jungen, unversehrten Wolf. Der Wolf, beinahe ein Welpe noch, verharrte hinter dem äußersten Pappelstamm eines Hains zwischen Deich und Delta, in den nebelverhangenen Stunden eines kaum nach Schwefel riechenden Morgens, schwarz seine Silhouette im frühen Gegenlicht, während Lee und das Kind ausgeleuchtet auf der Berme des Deichs standen, auf halber Höhe, unentschieden, ob sie zu dem Wolf hinabsteigen oder besser den Deich hinauf vor ihm fliehen sollten.

Der Wolf witterte, scherte nach links, scherte nach rechts, duckte sich, legte sich auf den Boden, als wolle er Lee und das Kind einladen, näherzukommen und über ihn zu bestimmen, ihm einen Ball vor die Krallen zu rollen oder aber ihn zu erschießen; der Wolf zeigte keine Symptome der Angst. Die unterwürfige Geste machte Lee wütend, sie rührte etwas Tiefliegendes in ihm an, einen Atavismus, den er nicht kannte, ein Gefühl von Macht kam auf, von der Überlegenheit seiner Rasse diesem Jungtier gegenüber, das nicht einmal drohte, fauchte, kämpfte, nicht einmal floh, das aus der Art geschlagen um Nähe bettelte, weil ihm der Vater abhanden gekommen war, die Mutter, der Bruder, was wusste Lee schon davon.

Er setzte das Kind vor sich in die grünen Triebe von Hohem Hexenkraut, nahm den Rucksack ab und schraubte das Gewehr zusammen. Das Kind folgte jedem seiner Handgriffe, kommentierte keinen davon. Lee mochte den Geruch, den das Gewehr verströmte, den rauchigen Geschmack nach Tod, der ihn anzog wie eine für ihn ausgelegte Fährte.

Der junge Wolf winselte. Kam sogar näher. Lees Verachtung wuchs. Er entsicherte das Gewehr. Er legte an. Brachte Kimme auf Korn. Spannte den Hahn. Schoss. Der Schuss ging daneben, eine Elle neben dem Wolf versenkte sich das Projektil in den Sand. Und der Wolf? Blieb liegen, das entartete Aas, sprang nicht zur Seite, floh nicht in Panik, blickte verwundert auf die Stelle, in der das Projektil verschwunden war. Lee lud nach und spannte den Hahn und zitterte vor Wut und schoss und traf den Wolf durchs rechte Ohr und lud und schoss und ging auf den Wolf zu und verfluchte, keine Automatik zu haben, und lud durch und spannte den Hahn und schoss dem Vieh direkt in den Hals.

Die Töle floh nicht, winselte nicht, ließ sich hinrichten, wie angegurtet. Das war keine Kreatur mehr, das gehörte tot, dachte Lee und erlöste das falsche Tier von seinem falschen Leben, hob es am Nacken empor, hielt es auf Armlänge von sich, wobei es Blut ließ, und schoss ihm mit der anderen Hand, die Mündung angelegt, ins Herz. Er ließ den Wolf fallen, lud nach, schoss ihm in den Kopf, lud nach, schoss ihm ins Hinterteil, lud nach.

– Papa, was ist mit dir?

Erschrocken drehte Lee sich um, zielte auf die Stimme, die da gesprochen hatte, zielte auf einen kleinen Menschen, der auf halber Höhe am Deich im Hohen Hexenkraut stand, zielte auf das Kind.

Das Kind zitterte. Es war blass auf den Wangen, beinahe bläulich sahen Adern hervor, Lee dachte, dass es nichtig war wie der Wolf, das Zittern verriet es, die Bläue, die Blässe.

Er sicherte das Gewehr und warf es von sich, es bohrte sich ohne Geräusch in den Sand.

Sie gingen nun auch in der Dunkelheit. Lee ging, denn das Kind weigerte sich weiterzugehen. Lee schulterte es und trug es durch die Nacht. Ständig buhende Eulenvögel, Kolkraben, die als schwarze Flecken in den Kronen toter Pappeln hausten. Milchiges Mondlicht, freigelegt durch hastig weichende Wolkenfetzen. Leises Glucksen platzender Blasen im Brackwasser der Sydow. Geheimnisse voller Nebel. Die Sohlen der Stiefel auf Sand und Kies. Wenn das Kind für einige Minuten schlief, schlugen die kleinen Glieder gegen Lees Rücken. Manchmal bäumte sich das Kind auf und rief etwas im Halbschlaf und schnappte verzweifelt nach Luft.

Der Pegel der Sydow stieg, je näher sie dem Meer kamen, schwarze Landzungen und Buhnenköpfe lagen überflutet in der Dunkelheit, der Deich ragte bald nur noch wenige Spannen aus dem Pegel. Ostende erreichten sie kurz nach Mitternacht. Der Ort lag verlassen da. Keine Alten, keine Jungen, kein Vieh. Lee ging in der Mitte der Dorfstraße, querte den Ort, horchte, spähte, schmeckte. Doch nichts. Nicht einmal Rauchgeruch in der Luft. Eine Scheune am Ortsausgang war ausgebrannt, das Vieh schon vor dem Brand geflohen, er sah keine Kadaver, keine Knochen.

– Papa?, fragte das Kind irgendwann.

– Ja?

– Können wir Julian nicht eine Karte schreiben?

– Das ist eine gute Idee. Ich glaub aber nicht, dass wir an einem Briefkasten vorbeikommen.

– Aber, wenn wir auf der anderen Seite sind?

– Was willst du ihm denn schreiben?

– Ich weiß nich'. Dass er sich keine Sorgen machen soll.

– Ich glaub nicht, dass er sich Sorgen macht. Du kannst ganz beruhigt sein.

– Er hat keine Angst um uns?

– Am Anfang schon, und jetzt nicht mehr.

– Du meinst, er hat uns vergessen.

– Er ist fünf oder sechs. Er kann nicht so lang Angst haben.

– Ich bin auch fünf.

– Ja, aber eigentlich bist du älter, nach allem.

– Wie alt bin ich denn, eigentlich?

– Eigentlich bist du ein alter Mann.

Lee schmerzte der Rücken, das Kind war ihm auf der Schulter in haltlosen Schlaf gesunken, scheuerte an seinem Nacken, er drückte es an sich, hatte Angst, es könne ihm vom Rücken gleiten, er drückte es fester, bis dem schlafenden Körper ein leises Geräusch aus der Gurgel entwich. Er atmete den Geruch der Haare des Kindes, er atmete den Atem des Kindes nach.

Der Fährhafen von Ostende war noch nicht geschlossen. Im Flutlicht legte eben die letzte Fähre ab. Sie würden warten. Sie würden die erste Fähre des nächsten Tages nehmen. Lee hob sich das schlafende Kind von der Schulter und bettete es auf die Schlafrolle, die er am dunkelsten Ende der Hafenplatte ausgelegt hatte. Er deckte es mit seiner eigenen Schlafrolle zu, setzte sich neben das Kind, hielt ihm die Hand, fasste ihm an die Stirn, ließ es keine Sekunde mehr los. Er hatte das Kind gewaschen. Ihm Milch gegeben. Es hatte Toastbrot gegessen. Er würde es wieder in Ordnung bringen. Er würde ihm die Zunge auswaschen. Er würde keine Fragen stellen.

– Wo ist Mama?, fragte das Kind.

– Schlaf jetzt. Wir nehmen morgen die erste Fähre. Ist besser, wenn du jetzt schläfst.

– Wo ist Mama?

– Wir gehen zu ihr. Wir müssen nur noch über den Fluss.

– Mama ist auf der anderen Seite der Sydow? Die ganze Zeit schon? Das glaub ich dir nicht. Sag mir, wo ist sie? Ist Mama tot? Ich will wissen, ob meine Mama tot ist.

– Hör auf damit. Sie ist nicht tot.

– Dann ist sie lebendig?

– Natürlich ist sie lebendig. Sie ist in einem leeren Raum, in den niemand reindarf.

– Weil es gefährlich ist, in dem Raum?

– Nein, weil sie gefährlich ist für uns.

– Mama ist gefährlich? Mama ist nich' gefährlich. Warum sagst du, dass Mama gefährlich ist? Was für ein Blödsinn ist das, den du erzählst? Sie ist nicht gefährlich.

– Sie ist krank.

– Dann müssen wir sie gesund machen.

– Das können wir nicht. Wir dürfen nicht zu ihr. Niemand darf zu ihr.

– Aber wie soll sie allein gesund werden?

– Sie kümmern sich um sie. Sie geben ihr zu essen.

– Sie hat kein' Hunger?

– Nein, Hunger nicht. Aber ihre Zunge ist blau.

– Muss man dann sterben? Wenn die Zunge blau ist?

– Nein. Ich weiß nicht.

– Ist meine Zunge auch blau?

– Nein, deine Zunge ist rosa wie eh und je.

– Dann muss ich nich' in den Raum?

– Natürlich nicht. Du bleibst bei mir.

– Ich hab dich lieb, Papa.

– Ich liebe dich auch.

Am Fährhafen erlosch das Flutlicht. Ostende und der Hafenkai, das dunkle Röhricht des Deltas, die andere, schwarze Seite der Sydow: einen Augenblick war nichts davon zu sehen. Erst langsam hoben sich die Konturen wieder aus der Nacht, der Anleger, die Schranke, der breite Strom, die Silhouette des Ostender Kirchturms, mit dem golden im Mondlicht glänzenden Wetterhahn.

– Ich hab aus der Sydow getrunken, sagte das Kind.

– Du hast aus der Sydow getrunken?

– Ja, so ein halbes Glas voll.

– Aber warum? Ich meine, wann?

– Ungefähr vor einer Woche, mit Opa. Ich weiß nicht genau.

– Wie hat es geschmeckt?

– Wie Hasenpisse.

– Und Opa, hat er auch davon getrunken?

– Nein, er hat nicht getrunken. Er hat einen Film gemacht, wie ich trinke. Und dann hat er geweint. Und dann haben die Männer ihn mitgenommen.

– Er hat dich zurückgelassen?

– Nein. Sie haben ihn einfach mitgenommen. Ich wollte ihn rufen, aber ich konnte nicht. Ich hab so gemacht, wie ich immer mach, wenn ich rufe, aber es kam kein Ton raus. Ungefähr so, guck!

– Du hast geseh'n, wie sie mit ihm davongefahren sind?

– Siehst du? So hab ich gemacht. Als würd ich rufen. Aber sie haben mich nicht gehört.

– Sie haben dich allein gelassen?

– Sie haben mich gar nicht geseh'n. Ich bin ihnen noch hinterhergelaufen. Paarundzwanzig Schritte oder so.

– Und dann?

– Dann bin ich in den Sand gekippt.

Das Solarladegerät funktionierte nicht mehr. Kalte Lötstelle oder ein Kabelbruch. Seither benutzte Lee sein Handy als Brettchen. Er richtete eine trockene Scheibe Toast darauf und reichte sie rüber zum Kind.

– Ich dachte, du wolltest mir eine Milch machen?

– Milch machen wir wieder, wenn wir drüben sind.

– Aber warum wird es nicht richtig hell?

– Es wird schon. Es wird schon wieder hell. Es ist noch früh.

– Wie früh ist es? Mitternacht?

– Nein, schon Morgen.

Lee blickte zur Sonne auf, die nicht schien. Er hatte nicht die geringste Ahnung, wie spät es war. Er nahm an, dass die Sonne noch aufgehen würde, jetzt oder irgendwann. Er sah auf die dunkle Sydow hinab. Die Kraft war herausgenommen aus dem Treiben und Schieben des Wassers. Es schien, als sei der Fluss endlich zur Ruhe gekommen.

Lee faltete die beiden Schlafrollen zusammen, schulterte den Rucksack, schulterte das Kind, abermals erschrocken über das bisschen verbliebene Gewicht, und ging zum Kai, an dem die erste Fähre des Tages im haltlosen Dunkel anlegte.

In dem Moment, in dem die Fährreling gegen die Fender des Kais stieß, fuhr eine Streife des Bundesgrenzschutzes vor, schneidig, versperrte Lee und dem Kind den Zugang zum Kai. Es war, als hätte sie im Dunkeln gewartet, bis Vater und Kind das Land verließen.

Ein Beamter trat aus dem Wagen.

– Was ist mit dem Kind!

– Es ist meins. Es ist mein Kind. Ich bin sein Vater.

Der Grenzer ließ sich Lees Ausweis geben, rief das Melderegister ab und las die Personenstandsdaten aus. Er behielt den Ausweis ein und betrachtete Lee, dann das Kind. Er ging zum Einsatzwagen und zeigte das Ergebnis der Personenstandssuche seiner Kollegin, die daraufhin aus dem Wagen stieg und vor dem Kind in die Hocke ging.

Lee erwog, ob man ihm Handschellen anlegen würde, vor den Augen des Kindes. Das würden sie nicht wagen. Für Handschellen gab es keinen Grund. Sie würden ihn leise verhaften. Ganz beiläufig. Das Kind würde es gar nicht mitbekommen. Er streckte die Arme vor, um anzudeuten, dass er sich dem Gesetz unterordnete. Doch der Grenzer nahm ihn nicht fest.

– Mein Beileid, sagte er nur.

Lee begriff nicht, was der Mann sagte, aber er spürte es. Rechts und links unterhalb der Knie, da spürte er es. Da, wo ihn eben noch Knochen hielten, war es schwammig geworden. Er wankte. Das Kind stützte ihn. Es war falsch, dass ihn das Kind stütze. Er fing sich wieder. Er hatte sich, verdammt nochmal, wieder zu fangen.

– Wann?, fragte Lee.

– Sie war nicht bei Bewusstsein.

– Sie ist vorher nicht wieder aufgewacht?

– Sie hat nichts mitbekommen.

– Sie hat geschlafen?

– Ja.

– Und dann ist sie nicht wieder aufgewacht.

– Nach allem, womit wir angewiesen wurden, ist es im Schlaf passiert.

Der Grenzer verstummte. Die Frau kniete noch immer vor dem Kind. Es versetzte Lee einen Stich, dass das Kind nicht gegen sie aufbockte, dass es die fremde Nähe zuließ.

– Dein Opa ist krank, sagte die Frau zu dem Kind. Er ist jetzt bei uns.

– Ist er tot?, fragte das Kind. In der Dunkelheit wirkte seine kleine Zunge nicht blau, sondern schwarz.

– Nein.

Die Frau wandte sich an Lee, kniete aber weiter vor dem Kind, das sie lose im Arm hielt wie eine druckempfindliche Kostbarkeit, und mit einem Mal wusste Lee endlich, was das war, ein Kind; ein Kind war druckempfindlich und kostbar, und Lees Aufgabe war es, den Druck von ihm abzuwehren, die Kostbarkeit zu schützen, solange unter der kleinen Brust noch ein kleines Herz schlug.

– Die Kollegen haben ihn im Delta aufgegriffen, sagte sie. Er ist in der Psychiatrie.

Lee verstand nicht. Er wollte weg von diesem Ort, aus den Fängen der Grenzbeamten verschwinden. Wenn sie über Marjuschas Schicksal informiert waren, konnte das nur eines heißen: Sie waren in Marjuschas Schicksal auch involviert. Er wollte seinen Ausweis wiederhaben und allein sein und nachdenken und endlich, endlich auf die andere Seite gelangen.

Es waren doch Kadaver in dem Fluss getrieben? Die Jugendlichen, die hatte er doch gesehen? Oder war das nur ein Flashmob gewesen, in Zeetz, oder ein Rave? Und die blauen Zungen? Die Schleie mit doppeltem Darm? Gehörte der Vater in die Psychiatrie?

– Die Fähre legt gleich ab, sagte Lee. Geben Sie mir meinen Ausweis zurück.

– Sie müssen nicht fort. Sie können genauso gut hierbleiben. Wär besser für das Kind. Jetzt, wo es keine –

– Meinen Ausweis, hab ich gesagt.

– Wie Sie wollen. Aber wo Sie hingeh'n, ist der ohnehin nichts mehr wert. Und die Werte auf der anderen Seite sind auch nicht mehr besser, im Gegenteil.

Lee befreite das Kind aus dem Griff der Frau, schulterte es, wobei es sich verängstigt an seinen Nacken krallte. Der Anlegekai schwankte unter Lees Schritten, er hatte schon öfter bemerkt, dass seine Schritte leicht schwankten, wenn er das Kind auf der Schulter trug, eines ungünstigen Schwerpunktes wegen; vielleicht war es auch nicht er, nicht der Kai, vielleicht war es das Land, das unter ihm zu schwanken begann.

Er löste ein Ticket für eine einfache Überfahrt, das Kind fuhr noch frei, der Fährmann tätschelte es am Kopf, dann legten sie ab. Die Sonne war noch immer nicht aufgegangen, und sie fuhren in einen dunklen Raum aus Nichts, in dem silberne Lachen einen diffusen Himmelsschein spiegelten, Lee drehte sich nicht mehr um. Er hörte, wie der Streifenwagen wendete und davonfuhr. Er nahm das Kind von der Schulter und stellte es vor sich auf die Füße, zog es so nah an sich, dass kein nächtlicher Hauch mehr zwischen sie ging, er drückte es so fest, dass der Brustkorb des Kindes nachgab, mit einem kleinen, kaum hörbaren Knacken, er tat ihm weh, so sehr hatte er es lieb.

– Was hat der Mann vorhin zu dir gesagt?, fragte das Kind leise, als sie in einen ortlosen Raum nächtlicher Schwärze tauchten, in uferloses Wasser, das keine Schaumkronen mehr führte, keine Wellentäler, ein Nichtwasser, das nicht roch und nicht maß, nicht schäumte und nicht floss.

– Sag ich dir, wenn wir angekommen sind.

– Mama ist nicht mehr in dem leeren Raum, stimmt's?

– Nein.

– Aber was machen wir dann jetzt? Wohin sollen wir denn geh'n?

– Wir gehen jetzt zu Oma, sagte er zu dem Kind.

– Zu Oma? Ich dachte, sie ist krank? Im Kopf.

– Die eine. Die andre nicht.

– Ich hab zwei?

– Jedes Kind hat zwei.

– Zwei Omas? Warum hast du das nie gesagt? Erzähl mir mehr von der zweiten Oma. Wo lebt sie?

– Auf der anderen Seite. Es ist nicht mehr weit. Du musst mir glauben, dass es nicht mehr weit ist. Glaubst du mir das?

– Ich glaub dir gar nichts mehr.

– Und dass ich dich liebe? Glaubst du mir das?

– Könnt schon sein. Könnt auch nicht sein. Ich weiß nicht mehr, was ich glaub.

Lee nahm das Kind wieder hoch, atmete den Geruch, der aus der kleinen Ohrmuschel strömte, atmete die Wärme an seinem Hals, küsste das Kind auf die Wangen, küsste es auf die Lippen. Er setzte es auf dem Achterdeck ab, lehnte es an die Reling. Tief im Osten glomm ein Lichtschimmer auf, Lee zeigte dem Kind das Farbenspiel in der Ferne. Der Schrei einer Möwe war zu hören. Er verebbte über dem Wasser. Die Fähre näherte sich einer Nebelbank, die ihnen die Sicht nahm. Wind wehte keiner. Es war jetzt ganz still.

secession